www.tredition.de

AF185650

Erwin Stahl

Inselheilige

Ein Spiekeroog-Krimi

www.tredition.de

© 2015 Erwin Stahl

Verlag: tredition GmbH, Hamburg

ISBN
Paperback: 978-3-7323-7600-1
Hardcover: 978-3-7323-7601-8
e-Book: 978-3-7323-7602-5

Printed in Germany

Autorenanmerkung:

Alle in diesem Buch geschilderten Handlungen
und Personen sind frei erfunden. Ähnlichkeiten
mit lebenden oder verstorbenen Personen wären
zufällig und nicht beabsichtigt.

Buchtitel:

Inselheilige

Ein Spiekeroog Krimi

September 1978:

Regen peitschte ihm ins Gesicht.

Der Wind hatte im Laufe des Abends stetig zugenommen und erreichte jetzt fast Sturmstärke. Er hatte Schwierigkeiten, sein Gleichgewicht zu halten und wurde mit jeder Böe fast umgeworfen.

Er versuchte, sich gegen den Wind zu stemmen. Wollte rennen.

Sie sagten, das Gift würde langsam wirken.

Man würde ihn für betrunken halten und niemand sich an seinem Verhalten stören. Das Herz und viele Körperfunktionen würden sich verlangsamen und schließlich sein Kreislauf versagen.

Sie hatten ihn in ihre Mitte genommen und nach draußen begleitet.

„Da braucht jemand mal frische Luft, hat wohl zu tief ins Glas gesehen!"

Fürsorglich erschien das für die anderen Gäste, entlockte einigen ein wissendes Schmunzeln. Niemand konnte dieser Situation, in der sich vier Freunde vor die Tür bewegten, etwas Böses abgewinnen.

Er war entsetzt. Zu entsetzt und dadurch zunächst so gelähmt, dass er nicht auf sich aufmerksam machen, nicht handeln konnte. Zu viele Gedanken gingen ihm gleichzeitig durch den Kopf.

Ihre festen Griffe hatten ihn zielstrebig zum Ausgang gelenkt. Angst regierte ihn. Panik. Er wollte nicht sterben. Seine Gedanken lehnten sich auf und sein Unterbewusstsein forderte von ihm, nun endlich zu handeln, bevor es zu spät sein könnte.

Sie passten einen Moment lang nicht auf und er riss sich los.

Er rannte über einen schmalen Pfad durch die schützenden Dünen auf die Spundwand zu, die zum Schutz der Dünenlandschaft vor Sturmfluten mehrere hundert Meter in den Weststrand der Insel eingelassen worden war.

An der Spundwand angekommen, trafen ihn der Nordseewind und Regen mit voller Wucht.

Waren sie ihm gefolgt? Konnte er sie abschütteln?

Was konnte er jetzt machen und welche Möglichkeiten hatte er, das Gift wieder aus seinem Körper zu bekommen.

Wenn er weiter vor ihnen fliehen, also ins Dorf zurückkommen wollte, musste er in ihre Richtung zurück. Irgendwie an ihnen vorbei laufen.

Sein jetziger Weg trieb ihn über das angebaute Mauerwerk der Spundwand in eine weite Dünenlandschaft, ins Nichts.

Wellen einer vom Wind aufgewühlten Nordsee klatschten in unregelmäßigen Abständen an die Spundwand und schossen in einer Fontäne steil nach oben.

Sie und der Dauerregen durchnässten ihn schnell.

Dann hörte er sie kommen, wollte weiterlaufen.

Doch das Gift tat seine Wirkung. Verlangsamte seine Schritte, nahm ihm die Luft.

Er wusste, dass er um sein Leben rennen musste und kam trotzdem nicht mehr weiter. Torkelnd sank er in die Knie und ihm blieb nichts anderes, als auf sie zu warten.

....

Wäre er doch nur nicht in diese Kneipe gegangen.

Eine eher verruchte Kneipe im Westen der Insel. Kein sehr gepflegtes Etablissement. Schummriges Licht und einige Ecken darin ließen jedoch ungestörte Unterhaltungen zu. Sie hatten ihn eingeladen zu kommen. Sie wollten reden, ihn umstimmen. Das hatten sie schon mehrfach versucht. Aber es gab Dinge, die er nicht mehr mit seinem Gewissen vereinbaren konnte. Zu lange hatte er still gehalten, war in Kenntnis ihrer Machenschaften zunächst ruhig geblieben.

Ja, es war ein Fehler. Er hätte alles von vornherein ablehnen müssen.

Hätte protestieren oder alles veröffentlichen sollen. Als ihm jedoch durch ihren Einfluss im Gemeinderat das Grundstück neben seinem Haus zugesprochen worden war und das zu einem günstigen Preis, blieb er ruhig.

Wie lange hatte er versucht, dieses Grundstück zu bekommen?

Dann endlich bekam er es, sogar mit einer Baugenehmigung. Und das hatte er ihnen zu verdanken.

Sein Vater war in den Nachkriegsjahren an dem Versuch gescheitert, das Grundstück zu kaufen und ein kleines Hotel darauf zu bauen. Nachdem dieser verstorben war, blieben die Pläne bei ihm, dem Erstgeborenen, bestehen.

Der Gemeinderat lehnte bis dahin jedoch mehrere Versuche ab und begründete das mit einer dadurch einhergehenden Veränderung des Dorfcharakters.

Die Dorfstrukturen inklusive ihrer verantwortlichen Akteure veränderten sich im Laufe der Zeit. Mitte bis Ende der siebziger Jahre entwickelte sich ein Tourismus-Boom, dem sich auch die ansonsten ruhige und beschauliche Insel Spiekeroog nicht verschließen konnte.

Sie waren vier Freunde, die sich schon von der Schulzeit her kannten.

Freunde, die sich regelmäßig trafen, gemeinsam segelten oder Urlaub miteinander verbrachten. Alle waren schon aus familiären Gründen fest mit der Insel verbunden. Und sie alle hatten einen ausgeprägten Geschäftssinn.

Oft verglichen sie sich scherzhaft mit modernen Piraten.

Die Insel lebte und existierte fast ausschließlich vom Tourismus.

Sie, als moderne Piraten, überrumpelten die Touristen und zogen ihnen, ohne dass diese es merkten, das Geld aus der Tasche.

Ihre Schlüsselpositionen im Einzelhandel und in der Hotel- und Gaststättenbranche machten es möglich, dass sie die Preise diktieren und das Leben auf der Insel indirekt bestimmen konnten.

Durch Geschick, Taktik und Absprachen wurden sie in dieser eher kleinen Welt immer mächtiger. Wähler zu beeinflussen oder gar zu kaufen war in einem Dorf, in dem jeder jeden kannte, kaum ein Problem. Nach und nach besetzen die vier Freunde einflussreiche Positionen und lenkten sowohl das politische, als auch das finanzielle Schicksal der Insel.

So gab es anfangs für ihn kaum Skrupel, zumal sich seine finanziellen Verhältnisse verbesserten und sich viele Wünsche verwirklichen ließen.

Aus seiner Sicht war ihr Verhalten fast legitim, denn man tat der Insel und ihren Bewohnern doch nur Gutes. Als kriminell empfand er ihr Handeln zu Beginn keinesfalls. Man sorgte sich um die Insel und natürlich um das eigene Portemonnaie.

Und doch war er der Schwächste in diesem Freundeskreis.

Jemand, der erkannte, dass ihr Treiben immer mehr ins Kriminelle abrutschte und der Bedenken entwickelte. Der sah, wie nach und nach andere Inselbewohner durch Absprachen oder Blockaden in den Ruin getrieben wurden.

Vergaben größerer Bauprojekte, gerade mit Blick auf die Tourismus-Branche, liefen fast nur über sie. Und das mit Unmengen von Schmiergeldern und unter Ausschluss jeglicher Konkurrenz für ihre eigenen Objekte.

Es gab für ihn einen Zeitpunkt, an dem er aufhören, sich zurückziehen und mit dem Erreichten leben wollte. Nie hätte er von seinen Freunden erwartet, dass sich deren Gier ins Unermessliche steigern würde.

Anfängliche Bedenken seinerseits wurden bei ihren Zusammenkünften barsch beiseite geschoben. Weiteres Drängen nach Beendigung ihrer Handlungen wurde mit Lachen quittiert. Er hatte schließlich das Gefühl, dass sie ihn ins Abseits drängen wollten, nicht mehr ernst nahmen, sich lustig über ihn machten.

Eines Abends nahm er allen Mut zusammen und drohte ihnen, alles auffliegen zu lassen, sofern nicht endgültig Schluss sein würde. Als Folge ließen sie ihn ohne weitere Diskussionen zurück und vermieden mehrere Tage den Kontakt zu ihm.

Tage der Unsicherheit. Tage, in denen er immer wieder alles durchdachte. In denen er zweifelte, auch weil er selbst nicht ganz unschuldig beteiligt war. Nein, es gab keine Drohungen ihrerseits. Sie waren Freunde, Schulkameraden. Was sollten sie ihm auch anhaben wollen. Er würde seine Drohungen nicht wahr machen. Er wollte nur, dass endgültig alles beendet wird und wieder einen normalen Weg verläuft. Er wollte sie als Freunde behalten und das mussten sie so verstehen.

Erleichterung trat ein, als sie ihn zu einem lockeren Bierchen in die Kneipe am Westend einluden. Alles sollte nochmals in Ruhe durchgesprochen, eine Lösung gefunden werden. Sie würden sicher einen weiteren Versuch unternehmen, ihn umzustimmen. Das wollte er aber ablehnen. Sie mussten ihn verstehen, damit endlich würde Ruhe einkehrte.

....

Ein kurzer Blick in den kleinen Spiegel an seinem Schrank. Saßen seine ohnehin recht kurzen und leicht angegrauten Haare richtig? Es war eine Angewohnheit, die er einfach nicht lassen konnte. Zwei, drei Haarsträhnen wurden mit einem leichten Fingerwisch geordnet und gaben ihm Zufriedenheit.

Der letzte Fall war nun abgeschlossen. Hauptkommissar Raiko A-den klappte die mittlerweile auf mehrere hundert Seiten angewachsene Ermittlungsakte zu und bugsierte sie in die Ablage zur Staatsanwaltschaft. In den vielen Jahren, die er seinen Dienst im Bremer Kommissariat für Wirtschaftskriminalität versah, hatte er einige harte Nüsse zu knacken gehabt. Auch dieses Mal wurde ihm alles abverlangt.

Betrügerische Machenschaften zum Nachteil einer großen Versicherungsgesellschaft, teils geschickt getarnt und von vielen Verdächtigen ausgeführt, bereiteten ihm in den letzten Wochen oft schlaflose Nächte. Zwei wichtige Zeugen führten ihn letztlich auf die richtige Spur und somit zur Aufklärung vieler zusammenhängender Straftaten.

Raiko Aden ordnete seinen Schreibtisch, drückte am Telefon die Taste der Rufumleitung zum Anrufbeantworter und hinterließ in seinem Mailpostfach die Nachricht, dass er sich für die nächsten vierzehn Tage im Urlaub befinden würde und nicht zu erreichen war.

Urlaub. Ja, er war tatsächlich urlaubsreif. Und gerade diesen Urlaub wollte Raiko Aden besonders genießen.

In jüngerer Vergangenheit verlief das Leben des stattlichen Hauptkommissars recht turbulent. Und in vielem darin unterschied sich der Anfang Fünfzigjährige nicht von den mittlerweile fast üblichen Gepflogenheiten seiner Mitmenschen.

Familienleben. Daraus resultierend drei mittlerweile erwachsene Kinder, die glücklicherweise selbst ihr eigenes Leben führen konnten und wollten.

Schließlich die Scheidung von seiner Frau nach zunächst zufriedenen Ehejahren und dann doch der Feststellung, dass man sich auseinandergelebt und nur noch wie Bruder und Schwester verhalten hatte.

Das Angebot, die Leitung des Kommissariats für Wirtschaftskriminalität zu übernehmen, war ihm in dieser Phase sehr willkommen und lenkte ihn von Grübeleien ab. Allerdings führte die Neustrukturierung dieser Dienststelle auch zu hohen Arbeitsbelastungen, die es ihm schwer machten, anstehenden Urlaub richtig zu genießen. Da er alleine und ohne feste Partnerin lebte, war das aus seiner Sicht nicht unbedingt dramatisch, denn er brauchte auf niemanden Rücksicht zu nehmen. Außer auf sich selbst und das vergaß er allzu häufig!

Wurde Raiko Aden nach seiner Herkunft gefragt, bezeichnete er sich immer noch gerne als „Insulaner" und nahm das Erstaunen seiner Gesprächspartner/innen wahr, die sich kaum vorstellen konnten, warum man auf einer wunderschönen Nordseeinsel aufwuchs und diese dann verlassen wollte. Grundsätzlich war das damals nicht sein Wille.

Er wurde auf der Insel geboren und lebte dort bis zu seiner Jugendzeit. Raikos Eltern stellten jedoch für sich und ihre Kinder mangelnde berufliche Perspektiven fest und entschlossen sich zu einem Umzug auf das Festland. Ihm ermöglichte es eine Polizeikarriere, die er sich schon als Kind auf der Insel vorgestellt hatte. „Wenn ich mal groß bin, werde ich Polizist" war seine Überzeugung. Dass er nun Kriminalhauptkommissar und Leiter einer Dienststelle war, hatte seine frühen Vorstellungen sicher bei weitem übertroffen.

In mancher Gesprächsrunde fiel das Wort: „Ostfriese". Ja, Spiekeroog, die Insel seines Ursprungs, lag in Ostfriesland. Jedoch sollte man wissen, dass die Insulaner ein besonderer Menschenschlag sind und sich eben als „Insulaner" bezeichnen, die den Begriff „Ostfriesen" eher ungern hören.

Raiko Aden fühlte sich trotz langer Abwesenheit noch als Insulaner und war in gewisser Weise stolz darauf. Die Kindheit und Jugend auf dieser autofreien Nordseeinsel hatte ihn geprägt. Nur zu gerne erinnerte er sich an viele schöne Ereignisse und Geschichten, die das Inselleben mit sich gebracht hatten.

Gute fünfundzwanzig Jahre war es dann aber doch her, dass er zuletzt „seine" Insel besucht hatte. Die Zeit hatte nichts anderes zugelassen. Die Eigendynamik des Lebens, Familie und Beruf führten Raiko immer wieder daran vorbei. Das Unterbewusstsein gab ihm zwar ständig Signale, doch durch Wegzug oder Tod einiger Verwandter verblasste das Bedürfnis, die Insel aufzusuchen.

Gelegentliche Berichte in den Medien, die unterschiedliche Themen zur Nordseeinsel Spiekeroog behandelten, verfolgte er aufmerksam und mit der Feststellung, dass sich zumindest optisch sehr viel verändert und die Insel lange nicht mehr den Charakter hatte, den er aus Kinder- und Jugendtagen kannte.

Eben das knabberte in der langen Zeit seiner Abwesenheit so intensiv an Raikos Gewissen, dass er sich entschloss, endlich wieder „seine" Insel aufzusuchen und viele dieser neuen medialen Eindrücke selbst zu erleben.

Warum also nicht? Schauen, was sich baulich verändert hatte. Feststellen, ob es vielleicht noch alte Freunde, ihm bekannte Dorfbewohner oder Klassenkameraden gab. Würde man ihn wiedererkennen? Wohl kaum, wenn er gelegentlich mal seine Jugendfotos betrachtete. Er hatte sich doch stark verändert und aus dem schmalen Jüngling, der seinerzeit die Insel verließ, war nun ein gestandener, stattlicher Mann mit markanten Gesichtszügen, Lachfalten und sogar schon angegrauten Haaren geworden.

Nachdem der Entschluss zum Urlaub auf der Insel gefasst und das Hotel gebucht war, kam in Raiko Aden eine Freude auf. Freude auf ein Wiedersehen mit Spiekeroog. Dazu natürlich die Neugier auf Veränderungen und die Hoffnung auf sehr entspannte Tage.

....

Sein Atem ging schwer. Ihm war, als würden seine Lungen durch eine unsichtbare Kraft zusammengepresst. Fester, immer fester drückte diese Kraft zu, verweigerte ihm den Sauerstoff. Unfähig, sich zu wehren oder zu fliehen sah er die drei Männer vor sich stehen. Wind, Regen und über die Spundwand spritzende Gischt griff auch sie an, doch sie standen seelenruhig da und beobachteten ihn.

Sein Blickt trübte sich, ließ sie nur noch als verschwommene Gestalten erscheinen. Einer bückte sich zu ihm herunter, kam ganz nah und sagte: „Niemand droht uns! Du hattest die Wahl und hast den falschen Weg gewählt!"

Die Realität vermischte sich mit Träumen von vergangenen, schönen Tagen. Es tat sich ein Nebel auf, der ihn in sich hineinzog. Ihm war nicht mehr kalt, nein. Und Luft würde er in diesem Nebel auch nicht mehr brauchen. Er spürte, wie jemand an seinem Körper zog. Es waren viele Hände, doch sie taten ihm nicht weh. Dann ein kurzer Fall und sein Körper klatschte ins Wasser. Der Nebel zog ihn nun endgültig zu sich herein und ließ auch seine allerletzten Gedanken versiegen.

....

Oktober 2014:

Nachdem er die A 29 in Jever verlassen hatte, bekam die Umgebung einen sehr ländlichen und wirklich typisch friesischen Charakter. Vereinzelte Bauernhöfe.

Weites Land ließ einen weiten Blick zu und schwarzbunte Kühe, die augenscheinlich unzählbar waren. Raiko fragte sich, ob man hier tatsächlich leben konnte.

Ruhe und Einsamkeit, weit auseinanderliegende Höfe. Wo kauften die Menschen hier ein, wo trafen sie sich? Ihm fielen die wortkargen, eher menschenscheuen und sturen Ostfriesen ein, die man gerne in irgendwelchen Sketchen und Werbefilmen einspielte oder über die der Volksmund witzelte. War ihr Verhalten bei dieser Lebensweise und in dieser Landschaft nicht kennzeichnend?

Raiko war, obwohl er seine Kindheit und Jugend auf der Insel Spiekeroog verbracht hatte, im Laufe der Jahre zu einem Städter mutiert. Wuselige Großstadt mit hektischem Treiben, viele Menschen auf engstem Raum, Shoppingmeilen, Kino's, Theater, Kneipen und Restaurants. Alles gut und sehr schnell zu erreichen. Das gefiel ihm. Und nein, das würde er sicher kaum mehr gegen dieses offensichtlich öde friesische Landleben eintauschen wollen. Würde er dieses Gefühl auf Spiekeroog genauso haben?

Die schmale Landstraße führte nun ein Stück am Deich entlang, der den Blick auf das Wattenmeer versperrte. Diese augenscheinlich einzige Erhöhung in ganz Ostfriesland war gespickt mit gut genährten, weißen Milchschafen, unterbrochen von vereinzelten auf der Deichkrone stehenden Bänken, die Urlauber, Wanderer oder Einheimische zum Verweilen und zu einem weiten Blick auf das offene Meer einladen sollten. Dahin schwebende und kreischende Möwen waren zudem charakteristisch für eine nahe Nordsee.

Raiko öffnete das Fenster seines Autos einen Spalt und schon strömte ein von früher her vertrauter Geruch von salziger Seeluft und modrigem Watt hinein.

Ja, so roch die Küste. Gedanken an vergangene Zeiten und Erlebnisse wurden sofort geweckt. Die Insel war nicht mehr weit. Und somit auch endlich sein Urlaub, den er sich verdient hatte.

....

Verdienen wollten zunächst noch andere, denn bis er an diesem eher trüben Tag im Oktober einen gemütlichen Platz im Bauch des Schiffes „Spiekeroog I" ergattert hatte, mussten die Inselgarage in Neuharlingersiel, die Überfahrt, die Gepäckbeförderung und die Kurtaxe für die Verweildauer im Voraus bezahlt werden.

Doch schließlich betrat er, begleitet durch ein „Moin" des Fahrkartenkontrolleurs an der Gangway des Schiffes, die „Spiekeroog I". Neugierig schon jetzt, vielleicht jemanden der anderen Passagiere als Insulaner wieder zu erkennen.

Raiko Aden setzte sich im Fahrgastraum des Schiffes an einen Fensterplatz und erhielt damit die Gelegenheit, sowohl das Ablegemanöver als auch die langsam beginnende Fahrt durch die in das Wattenmeer ein gebaggerte Fahrrinne in Richtung Spiekeroog zur verfolgen.

Und in ganz weiter Ferne war sie schon zu sehen, die Insel.

Ein auffälliges Gebilde war die deutlich zu erkennende und fast wie ein dunkelbraunes Indianer-Tipi aussehende katholische Kirche, die im Westen der Insel alles überragte. Ein wenig weiter rechts lagen Dünen und darin eingelagert kleinere Häuser. Und mit jedem Schraubenschlag des Schiffes wurde das Dorf der Insel größer.

„Sind sie auch das erste Mal auf dieser Insel" wurde Raiko von einer freundlichen Frauenstimme in seinen Gedanken unterbrochen. Ihm gegenüber setzte sich eine Frau hin, die einen Kaffee im Schiffskiosk gekauft hatte, diesen jetzt auf den Tisch stellte und ihn genüsslich mit einem Plastiklöffel umrührte.

Etwa Mitte vierzig, mittelgroß, rötlich-blonde und über die Schulter fallende Haare, natürliches und ungeschminktes Gesicht mit warmem Lächeln wirkten auf ihn ein.

„Nein. Eigentlich nicht. Ist nur schon eine ganze Weile her, dass ich zuletzt hier gewesen bin!" antwortete Raiko. „Ah, also auch ein Tourist, der gerne mal wieder auf die Insel zurückkommt. Ich habe schon von einigen Menschen gehört, dass die Insel Spiekeroog als autofreie Insel mit ihren kleinen Häuschen einfach traumhaft und sehr idyllisch sein soll. Und alle meinten, dass eine Wiederkehr praktisch Pflicht sei." entgegnete die Frau.

„Naja, ganz so ist es nun auch wieder nicht. Es wäre eine lange Geschichte, mit der ich sie nicht unbedingt belästigen möchte. Ich kenne Spiekeroog vermutlich ganz gut, war eben nur ein paar Jahre nicht mehr hier."

Raiko hielt sich bedeckt und wollte dieser auf ihn mittlerweile doch recht sympathischen wirkenden Frau nicht gleich alles offenbaren.

„Ach entschuldigen sie. Ich möchte ihnen nicht zu nahe treten. Und sicher wollen sie nun auch die Überfahrt und den tollen Ausblick genießen.

Ich bin übrigens Susanne. Susanne Schulenberg, komme aus Bremen und arbeite dort als Erzieherin."

Ihre forsche, leicht naive und unbekümmerte Art und die Tatsache, dass sie auch aus Bremen kam, ließen bei Raiko ein Lächeln zu. Und warum sollte er sich nicht während der Überfahrt ein wenig mit ihr unterhalten? Auf sehr angeregte Weise tauschten sie schließlich Urlaubserfahrungen aus, bis der Kapitän des Schiffes die Durchsage machte, dass man in wenigen Minuten in Spiekeroog anlegen würde.

Während sich nun eine Menschenschlange in Richtung der Gangway drängelte, verabschiedete sich Raiko von Susanne Schulenberg. „Falls wir uns wieder auf der Insel begegnen sollten, werde ich ihnen, ihr Einverständnis vorausgesetzt, den landesüblichen und originalen Ostfriesentee ausgeben. Wäre das OK?"

Susanne Schulenberg nickte lächelnd und antwortete: „Ich werde dieses Angebot wohl nicht ausschlagen können! Mein Urlaub dauert 14 Tage und da werden wir uns auf dieser kleinen Insel bestimmt mal sehen."

Beide stellten fest, dass sie am gleichen Tag und auf dem gleichen Schiff wieder zurückfahren würden.

Der kleine und gemütliche Hafen der Nordseeinsel erwachte kurzfristig zu einem regen Treiben. Mehrere Container, befüllt mit Koffern und Taschen der Touristen, wurde vom Schiff über die Kaimauer an Land gesetzt. Kaum standen sie, machten sich die vom Schiff strömenden Passagiere daran, ihr Gepäck zu sichern.

Entweder wurde dieses danach an einen Spediteur übergeben, der es mittels einer Elektrokarre zur jeweiligen Unterkunft brachte oder man nahm sich einen der auf einer in der Nähe befindlichen Wiese stehenden Handkarren, die mit Schildern oder gemalten Namen der jeweiligen Hotels/Pensionen versehen waren und beförderte damit sein Gepäck selbst zur entsprechenden Unterkunft.

Raiko hatte schon bei Abgabe seines Gepäcks im Hafen von Neuharlingersiel eine Gepäckbeförderung durch die Spedition gebucht, wonach er sich um nichts zu kümmern brauchte und seine Koffer automatisch zum Hotel überführt wurden. So konnte er auf angenehme Weise seine ersten Schritte nach vielen langen Jahren, die er nicht auf der Insel gewesen war, genießen.

Sofort stellte sich bei ihm ein beruhigendes Gefühl ein. Die Uhren tickten hier offensichtlich anders, die Zeit schien langsamer zu laufen. Der Blick vom Deich am Hafen in das Dorf hinein vermittelte eine gewisse Gemütlichkeit, Idylle, Beschaulichkeit und Unschuld. Ja, hier war die Welt noch in Ordnung. Nichts von einer großstädtischen Hektik war auf dieser autofreien Insel zu vernehmen. Der Strom der fröhlichen und sich in Urlaubsstimmung befindlichen Schiffspassagiere verlor sich über eine breit gepflasterte Straße ins Dorf hinein.

Raiko Aden hatte für sich ein renommiertes Hotel im Dorfkern von Spiekeroog gebucht. Damals wurde es vom Vater eines Schulfreundes geführt und verfügte auch unter den Einheimischen über einen hervorragenden Ruf. Über das Internet konnte Raiko erfahren, dass vor einigen Jahren der Besitzer gewechselt hatte, dieser das Hotel aber offensichtlich weiterhin sehr gut führte. Viele zufriedene Kunden bestätigten das in ihren Bewertungen.

Der neue Besitzer kam ursprünglich nicht von der Insel, sein Name erschien Raiko nicht bekannt und somit bestand keine Gefahr, dass gleich von vornherein im Dorf herum posaunt wurde, ein ehemaliger oder irgendwie doch noch verbundener Insulaner sei zurückgekehrt. Raiko wollte eher inkognito bleiben, wollte die Ruhe genießen, alte Wirkungsstätten aufsuchen und sich erinnern. Er wollte zum Grab seiner Großeltern. Wollte das Haus besichtigen, in dem er zuletzt mit seinen Eltern gewohnt hatte. Und wenn es sich dann doch ergab, dass er erkannt wurde? Dann wären bestimmt Gespräche über alte Zeiten und die vielen Ereignisse, die es im Laufe der Jahre auf der Insel gegeben hatte, zu führen sein.

Raiko beschloss, sich allen Eventualitäten zu stellen.

Gut eine viertel Stunde später, nachdem er am Rathaus vorbei in den urigen Dorfkern einbog und dabei ihm immer noch bekannte Restaurants, Lebensmittelgeschäfte und Teestuben passiert hatte, stand er vor dem Dorfhotel „Zur Eiche".

....

„Ich wünsche ihnen einen angenehmen Aufenthalt auf unserer Insel. Und wenn sie nachmittags mal eine Teezeremonie oder abends eine leckere Fischplatte in unserem Hause genießen wollen, sagen sie nur kurz Bescheid." offerierte ihm der geschäftstüchtige Hotelier.

Raiko war nach dem Einchecken an der Rezeption des Hotels eher ungeduldig und wollte schnell seinen ersten Weg durch das Dorf gehen. Die beiden von der Spedition gelieferten Koffer standen schon im sauber und gemütlich eingerichteten Hotelzimmer und wurden von ihm zügig in die geräumigen Schränke entleert.

Ein kurzer Blick in den Spiegel, ein Fingerwisch durch die Haare und los ging es.

Raiko wusste sehr genau, wohin ihn sein erster Weg führen würde. Nur knapp einhundert Meter vom Hotel entfernt lag die alte Spiekerooger Inselkirche. Diese älteste aller ostfriesischen Inselkirchen hatte ihn von Kindheit an fasziniert. Der kleine rote Backsteinbau mit spitzem, grünem Glockenturm zog ihn von jeher magisch an. Teile der Einrichtung dieser Kirche stammten den Überlieferungen nach von einem Schiff der spanischen Armada. Bunte Fenster im Jugendstil, ein imposantes Altarbild von Jesus, einfache spartanische Holzbänke und zwei an der Decke hängende mittelalterliche Kriegsschiffe in Modellform waren ihm in Erinnerung geblieben.

Erste Kindergottesdienste, seine Zeit als Konfirmand in dieser Kirchengemeinde und schließlich seine Tätigkeit als Glöckner dieser Kirche führten seine Erinnerungen fort. Ja, er war tatsächlich für zwei Jahre Glöckner dieser Kirche gewesen, deren einzelne Glocke mittels eines dicken Seiles per Hand geläutet werden musste. Eine Tätigkeit, die ihm im Nachhinein gesehen viel Freude bereitet hatte.

Die schwere Holztür zur Kirche stand weit offen und Raiko zog beim Betreten des Vorraumes instinktiv den Kopf ein. Unsicher, ob seine 193 Zentimeter wirklich hindurchpassten. Die Eindrücke dieser entzückenden Kirche wirkten auf ihn.

Einiges im Inneren hatte sich verändert, anderes war noch genau so, wie er es von vor vielen Jahren her kannte. Das Gesangbuchregal rechts an der Wand, wie früher. Der schwere Opferstock aus dunklem Metall auf dem Boden stehend auf linker Seite, ebenfalls wie früher. Doch nun hingen eine Reihe von Gemälden an den Wänden des Vorraumes. Gemälde, die ihm vertraut waren und die vormals an der Empore im Innenraum der Kirche hingen. Gemälde von Aposteln oder wie man anders ausdrückte, von Gesandten Jesus.

Die Empore der „Alten Inselkirche" hatte zwölf Einlassungen, in die jeweils ein Gemälde passgenau eingefügt gewesen war. Warum aber hingen diese Gemälde nun ungeordnet und nicht gerade dekorativ im Vorraum?

Eine Frau, die Raiko auf deutlich über Siebzig schätzte, begrüßte ihn und weitere vereinzelt eintretende Besucher leise flüsternd mit dem üblichen „Moin". Sie schien entweder die Küsterin dieser Kirche zu sein oder zumindest eine Schlüsselverantwortliche.

Wie in allen Kirchen entstand nach dem Betreten sofort eine Aura der Stille. Die Besucher flüsterten oder unterhielten sich leise. Sieben oder acht Menschen verteilten sich in der Kirche und bewunderten ihre Einrichtung, ihren Charme. Raiko musste schmunzelnd daran denken, wie er als kleiner Junge und später Jugendlicher in den Holzbänken saß und den Predigten oder Erzählungen des Pastors folgte. Er war bei Hochzeiten einiger Verwandter in dieser Kirche dabei und genauso wurden seine Großeltern über eine Beerdigungsfeier in dieser altehrwürdigen Kirche verabschiedet.

Und das alles geschah schon seit Ewigkeiten unter den Augen einer kleinen Pieta, die polarisierend auf einem kleinen Podest an der rechten Kircheninnenwand stand. Eine aus Holz geschnitzte Pieta, deren Farben im Laufe der Jahre blasser wurden. Was sie aber nicht daran hinderte, der Blickfang und eigentlich die Attraktion in dieser urtümlichen Kirche zu sein. Raiko mochte diese Pieta, eine Darstellung von Maria mit dem vom Kreuz genommenen Jesus, sehr. Sie war vielleicht nur etwa vierzig bis fünfzig Zentimeter hoch, aus seiner Sicht aber das Herzstück dieser christlichen Stätte.

Einen Moment lang verweilte Raiko in der vordersten, aus robustem Holz bestehenden Sitzreihe der Kirche und ließ Erinnerungen auf sich wirken. Bis ihn schließlich ein sanftes Stupsen an seiner Schulter aus seinen Gedanken zurückholte. „Ich hätte jetzt nicht gedacht, dass wir uns so schnell wiedersehen." flüsterte ihm Susanne Schulenberg freudig überrascht zu. „Der Inhaber meiner Pension hat mir als ersten Gang den Besuch der „Alten Inselkirche" empfohlen, was ich auch gleich umgesetzt habe" ergänzte sie.

Es war Raiko nicht unangenehm, dass sie ihn angesprochen hatte. Im Gegenteil. Ihre freundlich-warme und offene Ausstrahlung begann auf ihn zu wirken. Ihr rötlich blondes Haar und strahlende braune Augen taten ihr Übriges. Sie hatte sich offensichtlich gleich nach ihrer Ankunft in der Pension umgezogen und trug nun in sportlicher Manier eine Jeanshose, Seglerschuhe und einen knallroten Anorak. Ihr schlanker Körperbau ließ vermuten, dass sie sich durch allerhand Aktivitäten fit hielt. „Lassen sie die Kirche auf sich wirken. Ich werde draußen auf sie warten, wenn es ihnen Recht ist." Ein Augenzwinkern, unterstützt durch Nicken bestätigte ihm ihre Zustimmung.

Auf einer Sitzgelegenheit vor der Kirche dachte Raiko darüber nach, ob er sie nun schon zu dem versprochenen Tee einladen sollte. Er wollte seinen Urlaub auf der Insel verbringen, wollte sich an Erinnerungen vergangener Zeiten erfreuen, in dem er die Orte seiner Kindheit und Jugend aufsuchte. Sollte eigentlich die Zeit für und zu sich selbst genießen und finden. Waren Frauenbekanntschaften da angebracht?

Seine Zweifel verwarf er relativ schnell, als sie nach dem Kirchenbesuch auf ihn zukam und wieder eine angeregte Unterhaltung begann. Gleich würde er sie nach einem gemeinsamen Tee fragen und dabei höchstwahrscheinlich etwas mehr über sie erfahren.

....

Ein Aufschrei unterbrach das friedliche Bild der von mittlerweile braunroten Laubbäumen umgebenen Inselkirche und einiger sich davor unterhaltener Besucher. Raiko Aden und Susanne Schulenberg unterbrachen ihr Gespräch und blickten zum Eingang der

„Alten Inselkirche", aus dem die vermeintliche Küsterin herauslief. „Die Pieta ist weg!" schrie sie laut auf den Vorplatz der Kirche.

„So etwas kann es doch nicht geben. Sie ist einfach weg. Geklaut. Wir müssen die Polizei rufen." Die Frau lief aufgeregt auf Raiko und Susanne Schulenberg zu.

Entsetzen stand in ihrem Gesicht. Tränen begannen zu laufen.

Ohne sich als Kriminalbeamter erkennen zu geben, schaltete Raiko schnell, nahm sich der Frau an und versuchte, sie zu beruhigen, um so mehr Informationen aus ihren bisher wenig zusammenhängenden Worten zu bekommen.

„Nun mal ganz ruhig. Was ist denn passiert. Sagen sie, was los ist!"

Die Frau schluchzte und zeigte zur Kirche. „Ich bin die Küsterin und war heute für die Öffnung der Kirche zuständig. Es war viel Betrieb. Und gerade gucke ich auf meinem Kontrollgang durch die Kirche und bemerke, dass die Pieta nicht mehr auf dem Podest steht. Stattdessen ist da so ein Kürbis mit einem frechen Gesicht. Kommen sie, ich zeig ihnen das!"

Raiko und Susanne warfen sich einen ungläubigen Blick zu und folgten der Küsterin in die Kirche zurück, wobei diese weiter aufgeregt und leise vor sich her murmelte. Für Raiko war es ein kleiner Schock. Anstelle der noch wenige Minuten zuvor gesehenen Pieta stand nun ein Hokkaido-Kürbis in leuchtendem Orange auf dem Podest. In den Kürbis war eine hässlich lachende Fratze hineingeschnitten. Passend zur Jahreszeit ließ Halloween grüßen.

„Wer macht denn so etwas. Das ist doch eine Katastrophe. Unsere schöne Pieta ist weg. Das wird im Dorf aber mächtigen Aufruhr

geben!" Beate Kleibuhr, eine kleine, schmächtige und eher unauf-
fällige Frau , seit vielen Jahren Küsterin der Kirchengemeinde,
war kaum zu beruhigen.

„Haben sie denn irgendetwas gesehen oder jemanden, der das gemacht haben könnte" fragte Raiko schon fast automatisch und
wie man es wohl eh von einem Kriminalbeamten erwartet hätte.

„Na eben nicht. Ich hab im Vorraum zur Kirche gesessen und ein
Buch gelesen. So mache ich es oft. Zwischendurch gab es mal ein
paar Fragen von Besuchern, aber ich hab ja nicht ständig in den
Kirchenraum gesehen. Oh Gott, was machen wir denn jetzt nur?"

Urlaub. Sein erster Gedanke war, dass er sich auf Spiekeroog er-
holen und die Zeit genießen wollte. Keinesfalls wollte er irgendwie dienstlich tätig werden. Und doch ließ Raikos geschulter kri-
minalistischer Sachverstand eine Abfolge bestimmter Maßnahmen in Gang bringen.

Natürlich musste die örtliche Polizei gerufen werden. Er erinnerte
sich, dass es früher einen Dorfpolizisten gab, vor dem jeder mächtigen Respekt hatte.

Soweit er in den Jahren verfolgen konnte, war diese Stelle immer
wieder vakant, weil kaum ein Polizist für einen längeren Zeitraum auf der Insel bleiben wollte.

Was war mit Verdächtigen oder Zeugen? Er selbst hatte einige
Kirchenbesucher bemerkt, sie aber in seiner entspannten Urlaubs-
haltung kaum registriert. Standen einige von Ihnen noch draußen
vor der Kirche? Als die Küsterin aufschrie blieben ein paar Besucher erschrocken, aber auch interessiert stehen. Es musste in dem
Zeitraum passiert sein, als er die Kirche verlassen und sich noch
einige Minuten davor mit Susanne Schulenberg unterhalten hatte.
Sein Unterbewusstsein sagte ihm, dass vielleicht sechs bis acht
Menschen die Kirche betreten oder verlassen hatten.

Raiko trat wieder vor die Alte Inselkirche und sah, dass sich die Anzahl der Menschen davor erhöht hatte. Der Aufschrei der Küsterin und die aufgeregten Menschen vor der Kirche blieben im kleinen Dorf nicht unbemerkt. Trotzdem versuchte er, sich an die letzten Besucher zu erinnern, sie in der kleinen Menge ausfindig zu machen und sich zunächst mal einzuprägen.

„Jemand sollte mal die Polizei rufen!"

....

Hauke Gerds war nun seit knapp zwei Jahren der Inselpolizist und genoss eigentlich dieses beschauliche Dasein. Er war in Emden aufgewachsen, hatte seine Polizeiausbildung in Oldenburg absolviert und konnte sich in seiner Verbundenheit kaum ein anderes Leben, als das in Ostfriesland vorstellen. Der ländliche Charakter und die Menschen lagen ihm und die plattdeutsche Sprache war ihm sozusagen mit der Muttermilch eingeimpft worden.

Mit fünfunddreißig lernte er in einer Diskothek in Wittmund die Spiekeroogerin Hannah kennen, sie wurden ein Paar und durch eine glückliche Fügung wurde die Stelle des Dorfpolizisten auf Spiekeroog frei, was beiden sehr gelegen kam.

Im Vergleich zum Festland war auf der Insel nicht viel zu tun.

Gelegentlich mussten Touristen ermahnt werden, im Dorfkern kein Fahrrad zu fahren. Selten gab es mal Diebstähle. Meistens waren es dann Fahrräder, die entwendet und später entweder im

Osten vor der Hermann-Lietz Schule oder ganz im Westen vor der Gaststätte "Laramy" wieder gefunden wurden, denn manchen missbräuchlichen Benutzern war der Weg dorthin einfach zu weit. Sehr häufig hatte er Repräsentationsaufgaben zu erledigen, führte Umzüge auf einigen Dorffesten an oder zeigte sich auf größeren Veranstaltungen während der Hochsaison.

Zu seinen Höhepunkten gehörte die Absicherung landender Hubschrauber, die aufgrund eines Krankheitsfalles auf dem extra eingerichteten Hubschrauberlandeplatz am Spiekerooger Hafen nieder gingen und die sensationsgierige Dorfjugend magisch anzog. Bisher gab es also wenig für ihn auszustehen und insgeheim beglückwünschte er sich über die Entscheidung, die Stelle auf Spiekeroog angenommen zu haben.

Die Meldung über Telefon, dass die Pieta der Alten Inselkirche gestohlen worden sein soll, wollte er zunächst nicht so recht glauben. Er schwang sich auf sein Dienstfahrrad und nur wenige Minuten später erreichte er eine sichtlich aufgeregte, miteinander diskutierende Menschenmenge vor der Kirche.

„Na, das kann ja heiter werden!" dachte Hauke Gerds so bei sich und ahnte noch nicht, dass ihm dieser Fall sehr viel Arbeit bescheren würde.

....

Die Küsterin Beate Kleibuhr schluchzte noch immer und saß im Vorraum der Kirche auf einem Stuhl neben der sie tröstenden Susanne Schulenberg.

Raiko Aden sah den Dorfpolizisten kommen, ging ihm entgegen und bat ihn, zunächst an der Menschenmenge vorbei mit in die Inselkirche zu kommen, um hier in Ruhe mit ihm sprechen zu können. Ungläubig starrte der Polizist dabei in Richtung des kleinen Podestes, denn es bot sich nicht das gewohnte Bild der aus Holz geschnitzten Pieta sondern eine frech grinsende Grimasse aus Kürbis. Hauke Gerds Gedanken kreisten. War das jetzt nur ein Scherz? Oder gab es hier eine Straftat, einen Tatort. Es war schon länger her, dass er sogenannte Tatortarbeit geleistet hatte. Hier auf der Insel war so etwas bisher nie notwendig. Wie sollte er beginnen oder womit sich zuerst beschäftigen?

„Ich bin ein Kollege von der Kripo in Bremen und war fast genau zu dem Zeitpunkt vor der Kirche, als der Diebstahl passierte. Eigentlich möchte ich hier ja Urlaub verbringen, aber wenn ich sie irgendwie unterstützen kann, mach ich das natürlich gerne." unterbrach Raiko den Dorfpolizisten bei Aufnahme der ersten Eindrücke. In einer kurzen Unterhaltung beschlossen beide zunächst das vertrauliche „Du".

Hauke Gerds schrieb sich Raikos Namen und Erreichbarkeit auf und ließ sich dessen Erlebnisse um den Vorfall und weitere Feststellungen genau erklären.

Ein wenig ehrgeizig war er ja schon und wollte sich gegenüber einem Kripobeamten aus Bremen nicht die Blöße geben, unentschlossen oder hilflos zu wirken.

„Hmmm..., ich denke mal, dass ich zunächst alleine zurechtkomme. Zuerst werde ich mir die Personalien der anderen Kirchenbesucher aufschreiben und später dann mit dem Pastor die Kirche intensiv inspizieren. Mir scheint es wegen der Kürbisfratze ja so, als würde sich da jemand einen Riesenscherz erlauben.

Wer stiehlt denn die Spiekerooger Pieta? Damit könnte man nichts anfangen, weil sie überall bekannt ist. Ich wäre dir aber dankbar, wenn du mit deiner Bekannten zusammen unsere Küsterin nach Hause bringen könntest. Die ist ja völlig aufgelöst und ich denke, in dem Zustand werde ich nicht viel von ihr erfahren können."

Im Süderloog blieben der Bremer Kripobeamte, Susanne Schulenberg und die Küsterin vor einem alten, reetgedeckten Friesenhaus stehen und verabschiedeten sich voneinander. Beate Kleibuhr bewohnte dieses niedliche Backsteinhaus mit weiß bemalten Fenstern und grünen Fensterläden mittlerweile allein. Ihr Mann war vor einem Jahr verstorben und andere Familienangehörige gab es nicht mehr, so erzählte sie es ihren beiden Begleitern.

„Mich hat das alles ganz schön mitgenommen. Ich bin sehr müde und möchte mich nun etwas ausruhen. Vielleicht sehen wir uns ja die nächsten Tage irgendwo!" sagte Beate Kleibuhr mit einer leicht winkenden Handbewegung und verschwand im Haus.

„Was für ein aufregender Tag. Nach so vielen Jahren wieder auf meiner Insel zurück und gleich so ein Ereignis" bemerkte Raiko. „Weil der Tag nun schon fortgeschritten ist, würde ich sie gerne zu einem Glas Wein oder der mir vom Hotelier avisierten Fischplatte einladen" fügte er mit einem auffordernden Lächeln in Richtung Susanne Schulenberg hinzu.

Der Einladung dieses sehr anziehend auf sie wirkenden Kommissars konnte und wollte Susanne nicht widerstehen.

....

September 1978:

Die Leiche von Jan Kleibuhr wurde vier Tage nach seinem Verschwinden bei Ebbe am Oststrand der Insel, nicht weit weg vom Schiffswrack „Verona", durch spazierende Touristen aufgefunden. Nachdem sich die Nordsee seiner angenommen hatte, spielte sie mit ihm, ließ ihn in ihren Strömungen treiben und spuckte ihn, als sie schließlich genug von ihm hatte, über ihre hohen Wellen wieder an das Land zurück. Sie ging dabei nicht zimperlich mit ihm um und so bot er keinen wirklich ansehnlichen Zustand. Mit einer Pferdekutsche wurde die Leiche vom Strand in die kleine Aufbahrungshalle auf dem Inselfriedhof in der Dorfmitte verbracht.

Wie immer sprach sich im Dorf alles sehr schnell herum und so dauerte es nicht lange, bis der Inselpolizist und der einzige Inselarzt zur Leichenschau erschienen.

Jan Kleibuhr war noch in der Nacht seines Verschwindens von seiner zwei Jahre jüngeren Schwester Beate Kleibuhr als vermisst gemeldet worden.

Er hatte sich bei ihr zu einer Kneipentour mit seinen Freunden verabschiedet und wollte spätestens um Mitternacht wieder Zuhause sein. Als er gegen 03.00 Uhr immer noch nicht in das von den Eltern geerbte und gemeinsam mit seiner Schwester bewohnte Friesenhaus zurückgekehrt war, rief sie besorgt den Polizisten an.

Dieser verwies zunächst auf den folgenden Tag, weil er nicht glaubte, dass ein ausgewachsener Mann einfach so von der Insel verschwindet. Kneipentouren hatten schließlich häufiger unerwartete, überraschende Übernachtungsmöglichkeiten nach sich gezogen und eben das vermutete er von dem Junggesellen Jan Kleibuhr auch. Als Jan jedoch mittags immer noch nicht auf sich aufmerksam machte, blieb nichts anderes, als seinen letzten Aufenthaltsort zu ermitteln und somit auch die Freunde zu befragen, die offensichtlich den letzten Kontakt zu ihm hatten.

Übereinstimmend erklärten drei angesehene Insulaner und auch die Wirtin der Kneipe am Westend, dass Jan Kleibuhr wohl einen schlechten Tag gehabt hatte. Offensichtlich trank er zu viel und während des Abends, nachdem er frische Luft geschnappt hatte, wollte Jan frühzeitig nach Hause. Sein Trunkenheitsgrad war angeblich nicht so schlimm, dass man ihn hätte begleiten müssen. Und da er sowieso ohne Fahrrad dort war, tat ihm ein Fußweg nach Hause ganz gut. Eine Überzeugung, die alle teilten.

Der Polizist verständigte die örtliche Feuerwehr und man startete eine größere Suchaktion, vom Westen der Insel bis in das Dorf hinein. In der Dünenkette an der Spundwand fand man einen Schuh und eine Mütze, die nach späterer Bestätigung durch die Schwester dem Vermissten gehört haben sollen. Naheliegend nun also, dass ein Unglück passiert sein musste.

Es bestand die Vermutung des Polizisten und so ging es auch als Dorfgespräch herum, dass Jan Kleibuhr in dieser rauen Nacht in seinem betrunkenen Zustand wohl irgendwie zu dicht an die Kante der Spundwand gekommen und von einer Welle in die Nordsee gezogen worden war.

Obwohl mittlerweile viel Zeit vorüber war, verständigte man den in Neuharlingersiel liegenden Seenotrettungskreuzer, der obligatorisch das Seegebiet bei Spiekeroog absuchte. Wenn Jan Kleibuhr tatsächlich in die stürmisch aufgewühlte Nordsee gefallen war, gab es keine Überlebenschancen.

Die Einschätzung des Polizisten von einem vermeintlichen Unfall wurde durch den späteren Fund Jan Kleibuhrs Leiche am Oststrand bestätigt. Der Inselarzt und er standen zur Begutachtung des Leichnams in der Aufbahrungshalle. Dr. Bertus Meyer war mittlerweile 71 Jahre alt und eine gefühlte Ewigkeit Inselarzt. Nach Studium und mehreren Anstellungen in Krankenhäusern in Wilhelmshaven, Oldenburg und Wittmund entschloss er sich vor vielen Jahren, die frei gewordene Praxis auf der mit rund 700 Insulanern bewohnte Insel zu übernehmen. Er hatte das nie bereut.

Die Insulaner waren anfangs ein misstrauisches und leicht stures Völkchen, doch im Laufe der Zeit lernten sie sein Fachwissen zu schätzen. Als einziger Inseldoktor war er hoch angesehen und das genoss Bertus Meyer. Er lernte eine Insulanerin kennen, bekam mit ihr 2 Söhne und war in das Dorfleben völlig integriert.

Allerdings gab es Probleme, seine Stelle bei Erreichen des Ruhestandalters neu zu besetzen. Die jüngere Generation seiner Kollegen war erfolgsorientiert und eine goldene Nase konnte man sich als Inselarzt wahrlich nicht verdienen. Auch die Haupturlaubssaison mit den vielen Touristen lockte keinen Kollegen als Nachfolger.

Dr. Bertus Meyer stand den Insulanern und der Gemeinde zunächst weiter zur Verfügung, bis man einen adäquaten Ersatz gefunden hatte. Und die Suche dauerte nun schon Jahre. Er wurde nicht jünger und einige Gebrechen machten auch vor ihm nicht halt. Manche hielten ihn dadurch für etwas kauzig und recht eigensinnig. Widerworte mochte er allerdings überhaupt nicht.

Als jetzt der Polizist in der kleinen Halle vor ihm stand und fest-stellte, dass Jan Kleibuhr gar nicht gut aussah, wurde Dr. Meyer ärgerlich, weil er solch unqualifizierte Äußerungen gar nicht mochte. Grantig pflaumte er den Polizisten auf Plattdeutsch an: „Nun hool dien Babbel. Dat seh ick sülvst!"

Die Leichenschau ergab für ihn keine Auffälligkeiten, die auf eine Fremdeinwirkung hindeuteten. So wurde es im Amtsdeutsch for-muliert und bei einer amtsärztlichen Untersuchung verlangt.

Die Theorie des vermeintlichen Unglücksfalles hatte er natürlich im Vorfeld gleichfalls vernommen. Gerade ihm als Arzt wurde schnell etwas zugetragen.

Jan Kleibuhrs Leiche war durch die Nordsee aufgedunsen und wies eine Unzahl von Verletzungen und Knochenbrüchen auf, die ganz offensichtlich durch die Unebenheiten, Wellen, Strömungen und darin treibende Gegenstände der Nordse verursacht worden waren.

Bertus Meyer hatte Jan und seine Schwester Beate gut gekannt und die Geschichte nun war mehr als tragisch. Wie sollte Jan an-ders ums Leben gekommen sein, als in seinem besoffenen Kopf von der Spundwand zu fallen und zu ertrinken?

Der Doktor verfluchte diesen Alkohol. So einige Insulaner waren „dem Teufelszeug" zugetan und in seiner Praxis begegneten ihm immer wieder die Folgen dieser exzessiven Saufereien. Nein, er wollte Beate Kleibuhr keine weiteren Unannehmlichkeiten zumu-ten, indem er die Leiche an das Festland schaffen und dort von einem Gerichtsmediziner begutachten ließ. Das hätte ohnehin zu nichts geführt, so sagte es ihm sein Fachverstand. Jan Kleibuhr war eindeutig und ohne Fremdeinwirkung ertrunken. Alles sprach dafür und so schrieb er es auf dem amtlichen Totenschein nieder.

Der anwesende Dorfpolizist stellte dieses in seinem Abschlussbericht an seine übergeordnete Dienststelle in Aurich ebenfalls fest und so wurde die Leiche von Jan Kleibuhr zur Beerdigung frei gegeben.

....

Oktober 2014:

Am nächsten Morgen erwartete Raiko Aden ein reichhaltiges Frühstücksbüfett des Dorfhotels. Er ließ sich dazu einen Original-Ostfriesentee in Porzellankanne, mit Stövchen, Kandiszucker und Sahne bringen und genoss den Ausblick von der Veranda auf die vorbeiführende Dorfstraße.

Frühaufsteher liefen zur naheliegenden Bäckerei und kamen kurz darauf mit gefüllten Brötchentüten wieder zurück. Abreisende zogen ihre mit Koffern bepackten Bollerwagen auf der gepflasterten Straße hinter sich her, um die erste Fähre zurück auf das Festland zu bekommen. Gemütlich lehnte er sich zurück, schlürfte den heißen, süßen Tee und verlor sich in Gedanken.

Der gestrige Tag begann nach seiner Anreise und dem Diebstahl der Pieta etwas aufregend. Er endete aber mit einem schönen und sehr entspannten Abend, den er mit Susanne Schulenberg verbrachte. Sie lernten sich näher kennen, erzählten beide recht freizügig aus ihrem Leben und nach dem dritten Glas Wein bekamen

Susannes Augen ein Glänzen, das einen gewissen Reiz auf ihn ausübte.

Fraglich, ob es nun seine eigene, durch den Wein etwas eingeschränkte Wahrnehmung oder tatsächlich ihre Ausstrahlung war, die er bis dahin noch nicht recht bemerkt hatte. Das wollte er aber in den nächsten Tagen noch etwas genauer feststellen, denn sie hatten sich vor der Verabschiedung zu einem weiteren Abend oder einer gemeinsamen Unternehmung auf der Insel verabredet.

Raiko kannte sich schließlich auf der Insel etwas aus und erzählte ihr von einigen interessanten Plätzen, die sehr sehenswert waren und von denen er hoffte, sie selbst wieder zu finden. Susanne wollte sich diesem Vorhaben gerne anschließen.

Nach einer Trennung von ihrem langjährigen Lebensgefährten Martin war sie nun seit knapp zwei Jahren sozusagen alleinstehend. Etwas Schöneres, als diesen sympathischen und attraktiven Kommissar aus Bremen kennen zu lernen, konnte ihr gar nicht passieren.

Seinen ersten Gang wollte Raiko durch das Dorf bis zum Friedhof machen, um dort das Grab seiner Großeltern zu besuchen. Als Junge liebte er sie über alles und besonders die Herzlichkeit und Lebensfreude seiner Oma war ihm immer in Erinnerung geblieben. Zu ihr konnte man mit allem kommen, sie hatte Verständnis und strahlte eine beschützende Wärme aus, in der man sich immer wohl fühlte. Opa war eher ein Grantler, jedoch ein herzensguter und sehr ehrlicher Mensch. Raiko glaubte, viele Eigenschaften von beiden in sich wieder zu erkennen.

Auch seine Großeltern hatten ihn in seiner Kindheit und Jugend geprägt und so war er es ihnen schuldig, sie als erste zu besuchen.

Der Friedhof war in die Dünen eingebettet und grenzte an ein kleines Kiefernwäldchen der Straße Bid' Utkiek.

Über einen leichten Anstieg erreichte man nach Passieren eines schweren Holztores einen malerisch gelegenen Ort der Stille.

Der Hauptweg des Friedhofes führte direkt auf ein großes und alles überragendes Holzkreuz zu, vorbei an den vielen beidseitig gelegenen Gräbern jüngeren oder älteren Datums. Die Vergangenheit alter Seefahrer war nicht zu verkennen, denn gerade die älteren Gräber waren mit schweren eisernen Ankern, Steuerrädern aus Holz oder anderen Schiffsutensilien verziert. Weiter hinten, noch hinter dem etwa zehn Meter hohen Holzkreuz, lag die kleine Friedhofskapelle, die zumindest früher als Aufbahrungshalle genutzt worden war.

Das Grab der Großeltern war schnell gefunden und Raiko grüßte im Stillen mit einem freundlich lächelnden „Moin, Oma und Opa". Natürlich gab es jetzt viele Erinnerungen an die beiden und diese ließ er einige Minuten auf sich wirken, bevor er sich wieder zum Gehen umdrehte.

Raiko wollte noch eine kurze Zeit über den Friedhof schlendern, um sich einige Gräber und deren Inschriften anzusehen. Noch immer waren ihm einige der Verstorbenen von früher her bekannt und vielleicht würden ihm Namen begegnen, von deren Tod er noch nichts wusste.

Aber stand da nicht die Küsterin Beate Kleibuhr mit gesenktem Kopf an einem Grab? Sein Rückweg vom Grab der Großeltern zum Friedhofsausgang führte ihn unwillkürlich an der Küsterin vorbei. Beim Näherkommen bemerkte er, dass sie laut in Richtung des Grabes redete und er vernahm einige merkwürdige

Wortfetzen. „Sie werden ihre Strafe bekommen......die Mutter Gottes wird dafür sorgen... bald wirst du deinen Frieden finden!"

Die Küsterin erschrak und verstummte, als sie noch gedankenversunken den näher kommenden Raiko vernahm. Sie beruhigte sich jedoch sogleich, als sie ihn wieder erkannte. „Oh, der junge Mann von gestern. Sie waren so freundlich und haben mir in der Kirche geholfen. Was machen sie denn auf dem Friedhof?"

Raiko warf zunächst einen schnellen Blick auf den Grabstein des Grabes vor dem die Küsterin stand und las den Namen „Jan Kleibuhr". Zudem fiel ihm auf, dass das Grab offensichtlich neu bepflanzt worden war, denn an einer größeren Stelle vor dem Stein waren frisch aufgewühlte Erde und neue Blumen zu erkennen.

„Ich habe das Grab meiner Großeltern besucht, war schon eine Ewigkeit nicht mehr hier und habe heute Morgen deswegen meinen ersten Gang auf der Insel zum Friedhof gemacht" entgegnete der Kommissar. Als er noch kurz den Namen Aden erwähnte, hellte sich das Gesicht der Küsterin auf. Sie hatte seine Großeltern gekannt, wie es in so einem kleinen Dorf üblich und unvermeidlich war.

„Und sie?" fragte Raiko. „Sind sie heute Morgen schon fleißig gewesen und haben das Grab eines Verwandten gepflegt? Schöne Blumen haben sie da gepflanzt! Wie geht es ihnen denn heute so? Haben sie sich von dem Schock gestern in der Kirche erholt?"

„Das ist das Grab meines Bruders Jan, der vor über dreißig Jahren verstorben ist." antwortete Beate Kleibuhr. „Ich habe ihn sehr geliebt und wenn ich einmal sterben sollte, werde ich zu ihm gebettet. Dann sind wir wieder zusammen. Er ist damals ertrunken...haben der Arzt und der Polizist gesagt."

Diese letzte Äußerung kam mit einem langen Zögern, begleitet von einem Runzeln ihrer Stirn. Raiko wollte nicht indiskret sein und die Küsterin auch nicht weiter stören. Er verabschiedete sich und lief langsam zum Ausgang des Friedhofes.

„Ach, kommen sie doch die nächsten Tage mal zu einem Tee bei mir vorbei. Vielleicht können wir da ein wenig über ihre Großeltern reden." rief sie ihm hinterher.

Nicht wissend, ob er das noch verstanden hatte. Sie mochte diesen Mann. Glaubte auch, ihn früher als Jugendlichen schon wahrgenommen zu haben und kannte seine Großeltern, die sehr liebe Menschen waren. Er hatte eine sehr warme Ausstrahlung und schien sehr verständnisvoll. Sollte sie sich ihm anvertrauen? Sie war weit über Siebzig. Auch für sie würde irgendwann das Leben vorbei sein. Sie würde vor Gottes Angesicht stehen und sich verantworten müssen, so glaubte sie. Vorher aber musste sie etwas ins Reine bringen, wofür vielleicht gerade dieser Mann die richtige Hilfe war. Sie hoffte, dass sie ihm wieder begegnete und würde sich ihm dann öffnen.

....

Im Dorf Spiekeroog hatte sich in den Jahren wirklich eine ganze Menge verändert. Raiko bemerkte viele neue Häuser und auch einen veränderten, moderneren Baustil. Und trotzdem fand er bei seinem Spaziergang all die Plätze wieder, die in seinen Erinnerungen aus Kinder-und Jugendzeiten haften geblieben waren.

Inselschule, alter Bahnhof, Rathaus; viele Geschäfte, die es auch damals schon in einem etwas kleineren Rahmen gab. Und natürlich das Haus seiner Großeltern, das vor Jahren an einen Investor vom Festland verkauft worden war und sich von einer kleinen Pension in ein ansehnliches Hotel verwandelt hatte.

Der Aufbau des Dorfes war sehr vom Tourismus geprägt und doch konnte Raiko nicht umhin festzustellen, dass insgesamt eine sehr gemütliche und ruhige Atmosphäre herrschte. Nicht nur er hatte sich die vielen Jahre über weiter entwickelt, sondern auch der Dorfkern der Insel Spiekeroog.

Als er sich zum Mittagsessen ins Hotel begab, überreichte man ihm an der Rezeption einen Zettel mit dem Hinweis des Dorfpolizisten Hauke Gerds, sich doch bitte umgehend bei diesem zu melden.

....

Die Fischplatte mit Scholle, Krabben, Heilbutt und Brataal, ergänzt durch in Butter geschwenkte Salzkartoffeln und Salat der Saison gab seinem Magen ein beruhigendes Gefühl. Zudem entwickelte sich eine bleierne Müdigkeit, die ihn in Richtung seines Hotelbettes zog. Doch seine Neugier und letztlich die immer noch bestehende Unruhe vom Vortag ließen ihn sich auf den Weg zur örtlichen Polizeistation machen, die er nach wenigen Gehminuten erreichte.

Im Polizeihaus der Insel an der Straße Tranpad gab es praktischerweise die Büroräume und auch die Wohnräume des Polizisten in einem Gebäude. Raiko erinnerte sich, dass er einmal als Jugendlicher vom damaligen Polizisten in einem der Büroräume vergattert worden war, weil er an einem Silvesterabend verbotener Weise einen China-Böller gezündet hatte, was prompt Dorfbewohner sahen und an den Polizisten verpetzten. Nun aber wollte Hauke Gerds sicher etwas ganz anderes von ihm. Im Büro saßen der Dorfpolizist und ein weiterer, etwas kleinerer und eher schmächtiger Mann um die Fünfzig bei einer Tasse Tee. „Danke, dass du gekommen bist. Darf ich dir unseren Inselpastor Andreas Rieling vorstellen.

Ich habe ihn hergebeten, damit er mir bei meinen Ermittlungen etwas helfen kann." erklärte Hauke Gerds einführend.

„Grundsätzlich möchte ich deinen verdienten Urlaub respektieren. Aber mittlerweile habe ich festgestellt, dass ich etwas Hilfe gebrauchen könnte, denn es gibt hier so einiges, bei dem es sicher vorteilhaft wäre, wenn sich mehrere darüber den Kopf zerbrechen. Ich möchte einfach nichts übersehen und da du auch vom Fach bist, würde ich mich über ein wenig Unterstützung deinerseits freuen!" gab Hauke zu. „Aber noch eines vorweg. Der Name Aden kommt ja nicht so häufig vor. Hast du etwas mit den Adens hier auf der Insel zu tun?" Es blieb Raiko nun nichts anderes, als sich zu outen und ein wenig aus seiner Lebensgeschichte und Herkunft zu erzählen. Und natürlich machte ihn der Diebstahl dieser Pieta so neugierig, dass er eine Unterstützung seines Kollegen Gerds nicht ablehnen konnte.

Dieser zählte ihm schließlich chronologisch noch einmal auf, welche Maßnahmen er bisher getroffen und dass die Durchsuchung der Kirche zusammen mit Pastor Rieling nichts ergeben hatte. Es gab die Personalien von acht Menschen, die zum Zeitpunkt des Diebstahls die Kirche besichtigt hatten. Zu diesen Personen gehörten auch Raiko und Susanne Schulenberg. Hauke Gerds hatte die Personalien bereits über ein Kommissariat in Aurich überprüfen lassen und niemand dieser Kirchenbesucher war bisher jemals auffällig gewesen. Es handelte sich nach seiner Einschätzung und Menschenkenntnis um durchweg normale Touristen und Kirchenbesucher, denen er eine solch dreiste Tat nicht zutraute.

Die Küsterin Beate Kleibuhr konnte Hauke am Morgen noch nicht erreichen, weil sie nach Angaben der Nachbarn schon früh mit dem Fahrrad in Richtung Friedhof gefahren war. Eine Spurensuche und Tatortsdokumentation hatte er ebenfalls relativ zügig nach der Tat durchgeführt. Außenstellen der niedersächsischen Polizei wurden mit sogenannten Tatortkoffern versorgt. Diese Aluminiumkoffer enthielten Utensilien, die es erlaubten, vorgefundene Fingerabdrücke oder andere Spuren beweiskräftig zu sichern und zu dokumentieren. Polizeibeamte an Außenstellen erhielten dafür eine gesonderte Ausbildung.

Fingerabdrücke fand Hauke am hölzernen Podest nicht. Er fertigte eine Reihe von Fotos, stellte die Kürbisfratze, die anstelle der Pieta vorhanden gewesen war, sicher und verwahrte sie im Kühlschrank seiner Dienststelle.

Nach Angaben des Pastors war die Pieta-Figur mit zwei längeren Schrauben am Podest befestigt gewesen. Tatsächlich waren die Bohrungen durch das Podest erkennbar, die Schrauben aber nicht mehr aufzufinden. Raiko wunderte sich im Stillen, dass eine doch offensichtlich recht wertvolle und für die Insulaner historisch wichtige Antiquität nur mit 2 Schrauben gesichert worden war.

Was es nun mit der Kürbisfratze auf sich hatte, konnten sich weder der Dorfpolizist noch der Inselpastor zusammenreimen. Sicher, es war die Zeit des Halloween. Jedoch wurde dieser irischamerikanische Brauch auf der Insel nicht so ausgiebig oder intensiv zelebriert, wie am Festland.

Traditionell gab es auf Spiekeroog das Martinus-Laufen im November, bei dem Kinder mit Rummelpötten von Haus zu Haus liefen und Süßigkeiten sammelten.

Oder das Wurstlooperfest, an dem ebenfalls Kinder und Jugendliche verkleidet von Haus zu Haus wanderten und in alter Tradition Würste und Lebensmittel, ursprünglich für Bedürftige aus Seefahrerfamilien, nun aber für eine Schulfeier sammelten. Ein Zusammenhang zu der aufgefundenen Kürbisfratze war einfach nicht herzustellen.

„Tja,...." äußerte sich dann Pastor Rieling. „Ich mag es ja gar nicht sagen. Aber vor vielen Jahren gab es schon einmal einen merkwürdigen Diebstahl. Damals war ich noch nicht hier auf der Insel, habe es also nur überliefert bekommen und auch zu der Zeit war alles anscheinend recht undurchsichtig. Können sie sich an die Apostelgemälde im Eingangsbereich zur Kirche erinnern?" fragte er Raiko.

Natürlich konnte er, denn genau das war ihm ja anfangs beim Betreten der Alten Inselkirche aufgefallen. Allerdings vergaß er dann doch, die Küsterin nach den Gründen dieser neuen Platzierung zu fragen.

„Vor gut zwanzig Jahren verschwanden auf unerklärliche Weise vier Gemälde von Aposteln. Sie waren an der Empore befestigt und hingen da eine Ewigkeit.

Aus den Berichten meines Vorgängers las ich, dass die Angelegenheit dem Kirchenvorstand damals recht peinlich war und man zunächst glaubte, dass sich jemand einen Scherz erlaubt hatte. Man meinte, die Gemälde würden schon wieder auftauchen. Eine

Anzeige ist damals nicht gemacht worden. Es wurde die Ausrede erfunden, dass die Bilder in die Restauration gekommen seien und später wieder aufgehängt werden sollten. Die Bilder kamen aber niemals zurück. Der Diebstahl wurde ignoriert und vergessen.

Stattdessen wurden in den Einlassungen der Empore alte Blumenmalereien gefunden. Ein willkommener Anlass, auch alle anderen Gemälde abzuhängen und diese Malereien durch einen Restaurator wieder hervorzuheben. Die Gemälde hängen seit dieser Zeit im Vorraum der Kirche und nur noch sehr wenige wissen von dem unerklärlichen Abhandenkommen der vier Gemälde."

Nun staunte Raiko wirklich. Was ging auf seiner Insel, in seiner ehemaligen Heimat vor? Gleich zwei wirklich aufsehenerregende Diebstähle. Dazu noch besondere und historisch wertvolle Antiquitäten. Unikate, mit denen eigentlich kaum jemand etwas anfangen konnte. Waren hier professionelle Diebe am Werk? Konnte es sich um Auftragsdiebstähle von Sammlern aus aller Welt handeln? Warum dann aber diese komisch lachende Kürbisfratze statt der Pieta auf dem Podest?

Ein Zusammenhang beider Taten konnte trotz der vielen Jahre, die zwischen den Diebstählen lagen, nicht ausgeschlossen werden.

Pastor Rieling und Hauke Gerds vereinbarten, dass die Alte Inselkirche bis auf weiteres geschlossen blieb. Sobald sie sich erholt hatte, sollte die Küsterin Beate Kleibuhr nochmals befragt werden. Vielleicht war ihr doch etwas aufgefallen, was sie in der allgemeinen Aufregung vergessen oder übersehen hatte.

Raiko sagte seine weitere Unterstützung zu, bat aber darum, gegenüber anderen vielleicht ihm noch bekannten Insulanern nicht zu erwähnen, dass er zum einen auf der Insel und zum anderen in die Ermittlungen involviert war. Er glaubte immer noch daran, einen schönen entspannten Urlaub auf Spiekeroog verbringen zu können.

....

Dünen, Strand, Wellen, Meer! Das war es, warum Raiko nach Spiekeroog gekommen war. Und das genoss er nun in vollen Zügen, nachdem er den Slurpad durch das Friederikenwäldchen an der Strandhalle vorbei gelaufen war. Er passierte eine breitere Dünenkette und wurde von der Schönheit der Nordsee, dem Zusammenspiel der Wellen, Sand und Sonne empfangen. Die frische Brise, saubere klare Luft und Möwengeschrei brachten ihn sofort in Hochstimmung. Mit breitem Grinsen lief Raiko den Holzbohlenweg zum Strand hinunter, zog trotz kühler Witterung seine Schuhe aus, krempelte seine Hosenbeine hoch und überließ seinen Füßen den angenehmen Lauf durch den weichen Sand zum Wasser hin.

Es war Hochwasser und das Meer hatte sich den Weg bis kurz vor die saisonbedingt wenigen Strandkörbe gesucht, wo es seine kleinen und großen Wellen in unverkennbarem Rauschen brach. Je näher Raiko an das Wasser kam, umso kühler zeigte sich der Sand. Und schließlich wagte er dann die ersten Schritte ins Wasser hinein. Nach einer kurzen Eingewöhnungsphase spürte man die kalte Nordsee kaum noch und erlaubte ihm einen längeren

Spaziergang barfüßig in Richtung Osten. Das Hochgefühl hielt weiter an, die Seeluft öffnete seinen geistigen Horizont und gab ihm Gelegenheit, über den Diebstahl in der Kirche nachzudenken.

Und irgendwann dann stellte sich eines dieser von seinen Kollegen gerühmten Bauchgefühle ein, das ihm sagte, dass er sich doch etwas intensiver mit der Küsterin unterhalten müsse.

....

Die Entscheidung, wie er den weiteren Abend verbringen wollte, wurde ihm von Susanne Schulenberg abgenommen. Er traf sie von seiner Rückkehr vom Strand zum Hotel in der Nähe des Rathauses und wurde gleich wieder von ihrem strahlenden Lachen vereinnahmt. Sie tauschten einige Erlebnisse des Tages aus, stellten jedoch fest, dass man so etwas intensiver und mit mehr Ruhe bei einem gemeinsamen Abendessen machen könnte. Und so trafen sie sich in einer Pizzeria, in den Räumen des alten Bahnhofes der Insel, wieder.

Nicht lange und beide unterhielten sich über die Vorkommnisse in der Kirche, die immer skurriler wurden. „Ich komme einfach nicht daran vorbei, diese Küsterin mit in den Bereich der Tatverdächtigen einzubeziehen. Augenscheinlich war sie ja geschockt. Aber vielleicht hat sie auch nur ein gutes Schauspiel hingelegt. Gelegenheit zum Diebstahl hatte sie. Möglicherweise hat sie die Pieta zunächst gut in der Kirche versteckt. Sie kannte sich da bestens aus. Wahrscheinlich noch besser, als der Pastor. Über ihre

Gründe kann man nur spekulieren. Manchmal sind solche Menschen auch krank oder sie wollen auf etwas aufmerksam machen. Das würde mir zumindest die Kürbisfratze erklären, die ich eher für ein Zeichen halte, als für einen Spaß.

Morgen werde ich Pastor Rieling mal fragen, ob die Küsterin schon vor über 20 Jahren, beim Diebstahl der Apostelgemälde, in dieser verantwortlichen Position war. Mag sein, dass wir da einen Ansatzpunkt haben." überlegte Raiko. Er erzählte Susanne zudem von seinem Treffen mit Beate Kleibuhr auf dem Friedhof.

„Meine Fantasie geht ja manchmal mit mir durch!" gab diese verschmitzt zu. „Aber du sagtest eben, dass sie ein Grab neu bepflanzt hat. Kann es nicht sein, dass sie die Pieta unter die Blumen eingebuddelt hat? Wäre doch ein idealer Platz, um etwas zu verstecken. Darauf würde niemand kommen. Auch wenn sie verdächtigt werden würde oder man ihr Haus durchsucht. Man würde nichts finden oder nachweisen können." Eine eigentlich verrückte Theorie, in gewisser Weise jedoch wieder zum Fall passend.

„Hmmm..., was hältst du davon, wenn wir dieser Sache morgen mal nachgehen und ein wenig Nachschau auf dem Friedhof halten?" fragte Susanne, deren laienhafter Detektivsinn nun geweckt und von einer großen Neugier getragen wurde.

„Du meinst, wir sollen die Blumen ausgraben und darunter nachsehen? Wenn das auffällt, werden wir sicher großen Ärger bekommen. Ich sollte das doch mit dem Polizisten absprechen, oder?"

Dieser Verdacht war einfach noch zu vage und unbestätigt, das wusste Raiko. Er kannte den Dorfpolizisten zu wenig, als ihm diese sicher illegale Untersuchung des Grabes anzugedeihen. Wie würde dieser auf den Vorschlag reagieren? Was würde er von ihm halten? Raiko kannte den ordentlichen Rechtsweg. Manchmal musste man dem jedoch ein wenig nachhelfen. Und sei es mit nicht ganz legalen Mitteln. Dazu wollte er als gestandener Hauptkommissar, Dienststellenleiter und geschulter Ermittlungsbeamter, seinen Kollegen jedoch nicht verleiten. Wenn, dann musste es eine vernünftige und verwertbare Beweiskette geben. Den Gedanken, seinen Kollegen über seine Theorie zu informieren, verwarf er somit zunächst. Trotzdem waren die Gedanken von Susanne für ihn verlockend. Was wäre, wenn sie tatsächlich die Pieta dort fänden? Wie würde er weiter vorgehen?

Einige Zeit später, nach leckerem Knoblauchbrot, gemischtem Salat und Pizza „Frutti di Mare" brachte Raiko Susanne in ihre Pension am Süderloog zurück und erhielt als Abschied einen sanften Kuss auf seine Wange. „Wir sehen uns morgen früh um 06.00 Uhr auf dem Friedhof. Da ist bestimmt noch niemand da, das Dorf schläft noch! OK?" Diese Worte hatte Raiko von ihr nun gar nicht erwartet. Eine Antwort musste er schuldig bleiben, denn sie verschwand umgehend im Haus.

....

Das Aufstehen um 05.30 Uhr am nächsten Morgen fiel ihm schwer. „Worauf habe ich mich da nur eingelassen. Ich habe Urlaub und stehe ganz früh auf, um mir ein Grab näher anzusehen?" Die Aussicht allerdings, Susanne erneut zu treffen, hellten seine trüben Gedanken wieder etwas auf.

Das ganze Dorf schien wirklich noch zu schlafen, denn er traf auf seinem Weg zum Friedhof nicht einen Menschen. Die Idylle des urigen Dorfkerns mit seinen niedrig gebauten Häusern erinnerte ihn ein wenig an „Liliput" dem Zwergen Land aus Jonathan Swifts Roman „Gullivers Reisen". Man erwartete jeden Moment ein paar freundliche Zwerge, die emsig ihre Arbeit aufnahmen und dieses schöne Dorf putzten und sauber hielten. Kaum vorstellbar, dass Stunden später wieder interessierte und fotografierende Touristen umher liefen und dieser momentanen Idylle ihren Reiz nahmen.

Raiko traf Susanne am hölzernen Eingangstor des Friedhofes und wollte ein paar Worte des Protestes ob ihrer unbeantworteten Frage von gestern Abend loswerden. Er wurde jedoch mit einer warmen Umarmung und einem herzlichen „Guten Morgen" begrüßt, was ihn sofort alles vergessen ließ.

Susanne war vorbereitet und trug eine kleine handliche Schaufel bei sich, die sie im Vorgarten ihrer Pension vorfand und sich kurzer Hand ungefragt auslieh.

Sie drückte ihm die Schaufel in die Hand und meinte: „Du kennst das Grab. Wir gehen hin und du gräbst zwischen den Blumen. Ich schaue mich um und falls jemand erscheinen sollte, sag ich es dir."

Raiko war von ihrer Entschlusskraft beeindruckt. Wie leicht sie ihn lenken konnte. Innerlich musste er grinsen und ließ sich alles in wohlwollenden Gedanken gefallen. Es war schließlich auch sein Anliegen, die Pieta aufzufinden. Und trotzdem hatte ihn diese hübsche Frau verzaubert. Abenteuerlustig übersah sie, dass er hauptberuflich Kriminalbeamter war und eigentlich einen korrekten Weg gehen sollte.

Am Kopfende des Grabes von Jan Kleibuhr hatte dessen Schwester tags zuvor mehrere Chrysanthemen und Astern gepflanzt. Die Erde war noch frisch aufgeworfen und um die Pflanzstellen geharkt worden. Raiko merkte sich die Anordnung der Blumen, um sie später genauso wieder zurückpflanzen zu können und somit kein Aufsehen zu erregen. Er nahm mittig dieser Stelle vier Pflanzen heraus und begann mit der Schaufel zu graben. Unterstützt von Susannes zwischenzeitlichen Feststellungen: „Kommt niemand" war er schnell rund 30 cm tief und stieß plötzlich auf etwas Hartes. „Da! Da ist was. Ich hoffe nicht, dass das der Sarg von Jan Kleibuhr ist!" stellte Raiko flüsternd mit einem Lachen fest. Vorsichtig grub er weiter und legte allmählich einen völlig in eine Plastiktüte eingehüllten Gegenstand frei, nahm diesen aus der Fundstelle, öffnete die Tüte und sah in das Gesicht der Pieta.

„Da ist sie! Du hattest Recht, Susanne. Die Küsterin hat die Pieta hier vergraben.

Warum macht sie nur so etwas? Wir müssen jetzt gut überlegen, wie wir die Sache weiter angehen." Beide entschieden, dass die Pieta nicht wieder zurück auf das Grab des Jan Kleibuhr kam. Susanne zog ihre Jacke aus und wickelte die etwa vierzig bis fünfzig Zentimeter hohe Holzfigur darin ein. Da sie einen dicken Pullover untergezogen hatte, würde im Dorf kaum jemandem auffallen, dass sie die Jacke im Arm trug.

Raiko fand in Grabnähe mehrere abgelegte Feldsteine, die er zum Befüllen der nun leer gewordenen Pflanzstelle benutzte. Die ausgehobene Erde wieder darüber, die Blumen in gleicher Anordnung wie vorher darauf und niemand, wohl auch Beate Kleibuhr nicht, würde feststellen oder den Verdacht erwägen, dass hier nach der Pieta gegraben worden war. Susanne nahm die Pieta mit in ihre Pension. Sie besaß einen verschließbaren Hartschalenkoffer und verstaute die Pieta darin. Reinigungspersonal würde somit nicht rein zufällig in ihren Sachen etwas finden.

Nach dem Frühstück nahm sich Raiko einen überraschenden Besuch bei der Küsterin Beate Kleibuhr vor.

....

„Ich habe sie schon erwartet. Oder darf ich „Du" sagen? Du hast ja mal auf der Insel gelebt und deine Großeltern kannte ich sehr gut. Ein wenig erinnere ich mich auch noch an deine Eltern und an dich." begrüßte Beate den doch etwas erstaunten Raiko. „Ich mache uns einen schönen Tee, den wir in der guten Stube trinken können. Geh doch schon mal durch!"

Ein langer Flur führte an der Küche, Schlafzimmern, einem weiteren Wohnzimmer und Toilette direkt auf die gute Stube zu, die über eine Terrasse mit herrlichem Ausblick auf die Richelwiesen vor dem Spiekerooger Deich verfügte.

In den alten Friesenhäusern gab es früher zwei Wohnzimmer. Eines für die alltägliche Benutzung und eines für besondere Anlässe. Aus diesem Grund waren besagte „gute Stuben" immer besonders herausgeputzt und die Schmuckstücke des Hauses. Raiko bemerkte auf einer Anrichte eine Ansammlung von Fotos in Stehrahmen. Die Fotos waren überwiegend aus weit vergangener Zeit, offensichtlich Verwandte von Beate Kleibuhr. Aus jüngerer Zeit gab es keine aktuell aussehenden Fotos. „Ich bin die letzte in unserer Familienära!"

Beate Kleibuhr kam mit einem Tablett und dem Tee herein. „Alle, die du da siehst, sind verstorben. Meine Eltern, Verwandte und zuletzt sogar mein Mann.

Kinder habe ich leider keine bekommen können. Und jetzt bin ich alleine. Es gibt niemanden, dem ich etwas vererben könnte." Gekonnt und auf typisch friesische Art servierte sie den schwarzen Tee mit Kandis und echter Sahne.

„Ich habe mich die ganzen Jahre durch die Kirche und meinen Glauben an Gott aufrecht erhalten. Gott hat mir die Kraft gegeben. Und so langsam nimmt er sie mir auch!"

Raiko überlegte, ob er offensiv vorgehen und die Küsterin mit seinem Fund auf dem Friedhof konfrontieren wollte. Doch schien hier ein Abwarten besser zu sein.

Für ihn entstand der Eindruck und das Gefühl, dass Beate Kleibuhr ihm sehr viel und vielleicht auch die Gründe ihres Handelns erzählen wollte. Und so stimmte er nickend zu, genoss den heißen Tee und ließ sie reden.

„Weißt du, Raiko. Ich kann jetzt einfach nicht mehr. Mit weit über Siebzig bleibt mir nicht mehr viel Zeit. Nur Gott weiß, wie lange noch. Aber bevor ich gehe, möchte ich Gerechtigkeit. Gerechtigkeit für die vielen Jahre meines Leidens. Und Gerechtigkeit und Sühne für den Tod meines Bruders.

Als ich dich auf dem Friedhof traf, war meine Entscheidung schnell da, dir alles zu erzählen. Du scheinst ein guter Junge zu sein. Und wenn du etwas von deinen Großeltern geerbt haben könntest, dann vermutlich das gute Herz und die Redlichkeit. Möglich, dass du mir auf meine letzten Tage noch helfen kannst. Mir ist alles, was vorher war und worüber ich niemals reden durfte, jetzt egal und ich möchte, dass die Wahrheit ans Licht kommt. Obwohl kaum etwas zu machen sein dürfte, möchte ich dir trotzdem meine oder unsere Geschichte erzählen. Ich will sie nicht mit ins Grab nehmen."

Raiko fragte sich, ob sie wusste, dass er Kriminalbeamter war? An der Kirche hatte er nach dem Vorfall nur mit dem Polizisten gesprochen und das zudem unter vier Augen. War ihr sein Beruf aus den früheren Erzählungen seiner Großeltern vielleicht bekannt oder noch in Erinnerung.

Trotzdem er Beate Kleibuhr mit dem Diebstahl der Pieta in Verbindung bringen konnte, glaubte er nicht, eine typische Diebin vor sich zu haben. Da steckte augenscheinlich etwas anderes hinter und das wollte er sich jetzt anhören.

Die Küsterin begann ihre Geschichte und Raiko vergaß nach einigen Sätzen, seinen Tee weiter zu trinken. „Sie waren zu viert. Vor weit über 30 Jahren waren sie dicke Freunde. Haben viel gemeinsam gemacht, sich gegenseitig unterstützt, zusammen gehalten. Vielleicht kennst du sie noch aus deinen Zeiten hier auf der Insel. Gerald Heinen, der Apotheker. Er war auch mal eine Zeit lang Bürgermeister.

Hans Kuska, dem gehören mittlerweile 3 Hotels auf Spiekeroog. Friedjof Wischenkämper, der hier einen Lebensmittelladen, ein Fischgeschäft und mehrere Restaurants besitzt. Und dazu mein Bruder Jan.

Jan und ich hatten immer ein sehr gutes Verhältnis und mir blieb natürlich nichts verborgen, zumal wir in unserem Elternhaus zusammen wohnten und ich für ihn sorgte. Jan fand einfach nicht die richtige Frau und war mit Ende 30 noch nicht verheiratet. Er war Tischlermeister und der Betrieb lief recht gut. Mein Bruder war sehr engagiert und wurde schließlich sogar in den Gemeinderat gewählt. Irgendwann gelang es ihm, das Nachbargrundstück zu kaufen und unser kleines Hotel „Wattwurm" darauf zu bauen. Zu der Zeit war Gerald Heinen noch Bürgermeister der Insel.

In einigen vertraulichen Gesprächen mit Jan erfuhr ich, dass manche Entscheidungen im Gemeinderat wohl in vorheriger Absprache getroffen und weil sie die Mehrheit hatten, so entschieden worden waren. Ich redete häufig auf ihn ein und appellierte an sein Gewissen, bekam aber immer die Antwort: „Davon verstehst du nichts. Das ist Politik"

Ich merkte jedoch, dass es Jan immer schlechter ging und er selbst mit vielen Entscheidungen nicht mehr zurechtkam. Eben doch ein schlechtes Gewissen vorhanden war. So erzählte er mir mal, dass bei der Vergabe der Bauaufträge für die damals neue Kläranlage nicht alles mit rechten Dingen zuging und wohl Schmiergelder geflossen seien. Hotels oder Pensionen durften nur mit Zustimmung des Gemeinderates gebaut werden. Alle vier waren Gemeinderatsmitglieder, hatten die Mehrheit und konnten fast nach Belieben bestimmen. Unser Hotel „Wattwurm" wäre nie entstanden, hätte Jan nicht diese Position gehabt. Einerseits freute es ihn, die Pläne unseres Vaters vollenden zu können. Andererseits wusste er, dass es auf nicht legalem Wege zustande gekommen war.

So etwas hätte unser Vater niemals zugelassen.

Jan veränderte sich und wurde immer stiller. Wir redeten viel darüber und er erklärte mir eines Tages, dass er seine Freunde zur Rede stellen und aufhören wollte. Eigentlich schien er befreit, als er sich an dem Abend zu dem Treffen in die Kneipe am Westend aufmachte. Als er nicht mehr zurückkam und man ihn später tot auffand, ahnte ich, dass etwas Böses passiert sein musste. Jan trank kaum Alkohol und ich hatte es noch nie erlebt, dass mein Bruder betrunken war. In all den Jahren, die ich ihn kenne und wir in unserem Elternhaus lebten, trank er selten Alkohol.

Die Feststellung der Polizei und des damaligen Inselarztes, er sei in betrunkenem Zustand von der Spundwand gefallen und ertrunken, wollte ich nicht glauben. Das konnte nicht möglich sein, so schlimm hätte Jan sich nie gehen lassen.

Noch bevor die Todesermittlungen abgeschlossen waren, bekam ich Besuch von dem Bürgermeister Gerald Heinen, Hans Kuska und Friedjof Wischenkämper.

Die drei rieten mir, den Tod meines Bruders auf sich beruhen zu lassen und alles als Unfall hinzunehmen. Sie setzen mich mächtig unter Druck, drohten, dass sie einige Machenschaften meines Bruders auffliegen lassen könnten und ich dann alles verlieren würde. Und zuletzt wurde ich sogar eindringlich gefragt, ob ich das gleiche Schicksal erleiden wollte, wie mein Bruder. Ich bekam es wirklich mit der Angst zu tun, war alleine und durch den Tod meines Bruders kopflos. Die hatten tatsächlich eine Menge gegen meinen Bruder in der Hand und wären so gerissen gewesen, dass man ihnen, sofern eine Mitbeteiligung bestand, nichts nachweisen konnte. Was hätte ich gegen sie ausrichten können? Wer kommt schon gegen den Bürgermeister und Gemeinderatsmitglieder an?

Und ihre indirekte Drohung, mich auch zu beseitigen, habe ich sehr ernst genommen. Ich traute denen einfach alles zu. So hielt ich meinen Mund und sagte nichts mehr weiter. Jan wurde beerdigt und die drei anderen ließen mich in Ruhe. Ich lernte einige Zeit danach meinen Mann kennen, der als Kurgast nach Spiekeroog kam und blieb. Ihm habe ich nie etwas von diesen Vorfällen erzählt. Leider ist er letztes Jahr verstorben.

Trotzdem haben mir meine Gedanken keine Ruhe gelassen und ich suchte einen Weg, um irgendwie auf die Sache aufmerksam zu machen. Ich wurde Küsterin der evangelischen Kirchengemeinde und hatte natürlich viel in beiden Inselkirchen zu tun. Fast jeden Sonntag kamen die drei Freunde Gerald, Hans und Friedjof zum Gottesdienst in die Kirche. Und fast jeden Sonntag grinsten sie mir frech und vielsagend ins Gesicht, diese Scheinheiligen!

In der Alten Inselkirche kam mir dann 1992 die Idee mit den Apostelgemälden an der Empore. Es waren ja vier Freunde, die die Geschicke der Insel damals lenkten oder bestimmten. Eines Abends schloss ich mich in die Kirche ein und nahm vier Apostelgemälde von der Empore ab. Die versteckte ich in einem Geheimfach des Holzaltars der Alten Inselkirche.

Wenn du mal herum fragst, werden dir einige alte Insulaner noch sagen können, wer diesen Altar damals neu gebaut hat. Es war mein Bruder Jan, einziger Tischlermeister dieser Insel. Der vorherige Altar fiel fast auseinander und man entschloss sich mit Hilfe von Jan, einen neuen zu bauen. Er war ein sehr geschickter Handwerker und hat einen wirklich schönen Altar erstellt, in den das große Gemälde von Jesus mit hinein gearbeitet worden war. Nach Fertigstellung zeigte Jan nur mir ein Geheimfach, in dem man durchaus etwas größere Dinge verstauen konnte. Das Fach ist nicht leicht zu öffnen und normalerweise würde man nie auf dieses Fach kommen. Nach dem Diebstahl der Gemälde legte ich einen Zettel mit aus Zeitungen ausgeschnittenen Worten mitten auf den Altar.

„Vier Freunde seid ihr gewesen. Inselheilige! Jesus wird ALLE Jünger zu sich holen, früher oder später! J,G,H,F"

Ich habe nicht damit gerechnet, dass der Kirchenvorstand zunächst mal abwarten wollte, weil sie es für einen Scherz oder Dumme-Jungen-Streich hielten. Nachdem das Fehlen der vier Apostelgemälde festgestellt worden war, drang nichts weiter nach außen. Niemand wollte meinem Zettel, meinem Hinweis nachgehen.

Oder doch! Gerald Heinen, mittlerweile zwar nicht mehr Bürgermeister, aber als angesehener Insulaner immer auf dem neuesten Stand, erhielt von einem Vorstandsmitglied Kenntnis über den Vorfall. Etwa eine Woche danach, als sich herausstellte, dass seitens der Kirche erst einmal nichts weiter unternommen werden sollte, standen die drei verbliebenen Freunde „G, H und F...also Gerald, Hans und Friedjof" bei mir im Haus. Das war für mich nicht angenehm, denn sie wurden sehr massiv. Wieder drohten sie mir und wollten nun auch meinen Mann mit hineinziehen oder ihm etwas antun. Mein Versuch, durch den Diebstahl der Apostelgemälde etwas aufzudecken, ging daneben und ich lebte danach eigentlich ständig in Angst um meinen Mann.

Und da ich bis zum heutigen Tage die Küsterin bin, sah ich diese Heiligen fast jeden Sonntag in der Kirche und musste in ihre dreckig grinsenden Gesichter sehen.

Mein Mann ist letztes Jahr verstorben! Ich selbst merke, dass ich nicht mehr so kann. Und mein Gewissen soll bereinigt sein, wenn ich mal vor Gott stehe. Als hier Kinder mit einer lachenden Halloween Maske vorbeiliefen, kam mir der Gedanke, einen letzten Versuch zu unternehmen. Schon Tage vorher schraubte ich die Pieta los und ließ sie locker auf dem Podest stehen. Dann schnitzte ich aus einem Kürbis diese grässlich lachende Fratze. Sie sollte ein

Zeichen für die drei Freunde sein, die es bestimmt auch so erkannten. Fast jeden Sonntag lachten sie mir grässlich und frech ins Gesicht. Und diese Maske war nun eine Antwort darauf. Ich tauschte den Kürbis gegen die Pieta und versteckte diese zunächst im Geheimfach des Altars. Da konnte sie niemand finden. Nicht mal der Pastor, der niemals in dieses Versteck eingeweiht worden war. Ganz spät abends kam ich in die Kirche zurück, nahm die Pieta mit und vergrub sie dann auf dem Grab meines Bruders.

Sie werden es nun wissen. Sogar sehr genau, dass ich es bin, die einen erneuten Versuch unternimmt, die Dinge von damals ans Licht zu bringen. Und sie werden wieder kommen und mir Böses antun. Aber das ist mir nun egal. Sollen sie doch eine alte Frau umbringen."

Schweigend saßen Raiko Aden und Beate Kleibuhr nach deren Erzählungen in der guten Stube. Der Tee war mittlerweile kalt geworden. Die Küsterin guckte durch das große Fenster auf die Richelwiesen und den Deich hinaus, schien nun weit weg zu sein. Tränen rannen durch ihr Gesicht. Raiko spürte ihre Erleichterung, nahm aber gleichzeitig auch wahr, dass sie fast schlagartig in sich zusammenfiel. Die Frau stand seit Jahrzehnten unter einem immensen Druck, der sich in diesen Minuten zu lösen begann. Sie hatte ihre Geschichte, ihr Wissen an ihn weiter gegeben. Verbunden mit der Hoffnung, dass das Gute gewinnen, Gerechtigkeit Einzug halten und der Tod ihres Bruders gesühnt werden würde.

Es waren harte und sehr schwere Anschuldigungen gegen hoch angesehene Insulaner. Dazu, was die Geschäftsgebaren und Machenschaften anbelangte, bestimmt nur sehr schwer nachzuweisen. Wenn überhaupt. Stand hier tatsächlich ein Mord im Raum,

wie es Beate Kleibuhr behauptete und was aufgrund der Gesamtumstände wohl ebenfalls kaum noch nachzuweisen wäre?

Konnte diese Frau sich so etwas ausdenken und welche anderen
Gründe hätte sie dafür gehabt? Oder musste er an ihrem Verstand
zweifeln und nach dementen Zügen an ihr forschen? Kaum vorstellbar, dass auf so einer traumhaft idyllischen Nordseeinsel
schwere Verbrechen passiert waren. Sein Instinkt schaltete allerdings alle Alarmglocken ein und so begann Raiko, über die nächsten Schritte nachzudenken.

....

„Ich hatte damals schon gesagt, dass wir die Angelegenheit mit
Beate endgültig regeln sollten." erklärte Gerald in der Runde der
drei Freunde. Das konspirative Treffen, das eigentlich nicht auffiel, weil sie sich dort ohnehin regelmäßig dem Kartenspiel hinga-
ben, fand in einem gesonderten Raum auf der Veranda des Hotels
„Zur Eiche" statt, dem Dorfhotel, in dem auch Raiko untergekom-
men war.

„Als sie vor Jahren die Gemälde mitgehen lassen und diesen Zettel auf den Altar gelegt hatte, wusste ich, dass wir nur Scherereien
mit ihr bekommen werden. Und jetzt die Sache mit der Pieta. Das
war sie doch auch. Ich hab mit dem Pastor gesprochen, aber man
weiß bisher noch gar nichts. Beate wird uns sehr gefährlich. Wir
müssen etwas unternehmen. Habt ihr Vorschläge?" fragte Gerald
seine Freunde. Hans Kuska runzelte die Stirn. „Du meinst also,
wir sollten dafür sorgen, dass sie keinen Blödsinn mehr macht?"

Friedjof Wischenkämper gab zu Bedenken „Würde das jetzt nicht irgendwie auffallen? Erst ist die Pieta in der Kirche weg und dann kommt noch die Küsterin ums Leben. Ist es nicht besser, sie nochmal zu besuchen und ihr auf die Füße zu treten? Danach war sie doch immer ruhig!"

„Nee,nee..." entgegnete Gerald. „Ich hab sie in den letzten Jahren immer genau beobachtet. Solange ihr Mann da war, hat sie still gehalten. Nun ist der tot und sie hat nichts mehr zu verlieren. Ihr seht doch, wie sie wieder loslegt. Ich denke, sie will reinen Tisch machen. Sie kann eigentlich nichts gegen uns in der Hand haben, aber trotzdem würde es im Dorf Gerede geben. Das will ich auf keinen Fall."

Vorbeilaufende Touristen, die von außen in die Veranda des Hotels gucken konnten, erkannten die drei alten und gesetzt wirkenden Männer als gemütliche Herrenrunde, die sich bei einem gepflegten Bierchen nett unterhielt. Kaum vorstellbar, dass gerade diese Männer eine hohe kriminelle Energie entwickelten und dabei einen Mord planten.

„Die liebe Beate ist schon sehr wackelig auf den Beinen. Kann doch sein, dass sie in der Kirche die Treppe der Empore herunterfällt." schlug Hans Kuska vor. Nach weiteren Überlegungen und Theorien war es letztendlich Gerald Heinen, der glaubte, die ideale Lösung des Problems gefunden zu haben. „Beate wird auf dieselbe Art und Weise sterben, wie ihr Bruder. Sie wird ertrinken!"

....

Was gab es schöneres, als einen langen Strandspaziergang zu machen, sich die frische Luft um die Nase wehen zu lassen, außergewöhnliche Muscheln zu sammeln und dabei klare Gedanken fassen zu können.

Raiko hatte sich wieder mit Susanne verabredet und auf dem Weg zum Weststrand erzählte er ihr von seiner Begegnung mit Beate Kleibuhr. Sein Vertrauen in Susanne war sehr gewachsen und gleichzeitig glaubte er, dass sie ihm bei der Lösung dieser komplizierten Geschichte helfen konnte.

„Meinst du nicht, dass wir deinen Kollegen hier auf der Insel so langsam in alles einweihen sollten?" fragte Susanne. „Grundsätzlich wäre das ja richtig." gab Raiko zu. „Nur haben wir momentan kaum etwas, mit dem sich die Geschichte von Beate Kleibuhr beweisen lassen könnte. Was da früher illegal gelaufen ist, wusste nur ihr Bruder und ist höchstwahrscheinlich durch nichts zu belegen. Da waren die vier Freunde insgesamt ganz schön clever.

Wir haben die gestohlene Pieta, aber die könnte man ausschließlich Beate Kleibuhr anhängen, der man aufgrund dieses Diebstahles und der Umstände bestimmt eine Verwirrtheit oder Unzurechnungsfähigkeit bescheinigen würde und sie im Weiteren nicht mehr ernst nimmt. Vermutlich finden wir auch die verschwundenen Bilder im Altar wieder, die allerdings genauso zu Lasten von Beate gehen.

Nein, wir müssten diese drei hochgestellten Insulaner aus der Reserve locken und sie irgendwie dazu bringen, sich zu verraten. Und das kann man nur, indem man einen persönlichen Kontakt sucht. Ich weiß noch nicht, wie...aber ich werde das mal in Angriff nehmen."

Am Weststrand kamen sie auf die langen schwarzen Buhnen zu, die bei Ebbe weit sichtbar in die Nordsee hineinragten. Buhnen sind dammartige Küstenvorbauten aus Stein und Holz und schützen vor Absandung. Gerade am Weststrand von Spiekeroog war dieser Absandungsschutz unbedingt notwendig. Sturmfluten und raue See trugen hier jedes Jahr mehrere tausend Kubikmeter Sand und Dünen ab.

„Möchtest du mal einen großen Taschenkrebs sehen? Oder Austern in freier Natur und ungezüchtet?" fragte Raiko, um zur Entspannung ein anderes Thema zu wählen. Susanne wollte, woraufhin er sie auf eine dieser Buhnen führte und bis zum Erreichen der Wasserkante hinauslief. Dann schob er einige größere Buhnensteine auseinander und sofort begann dazwischen ein wildes Krabbeln von kleineren Krabben und Einsiedlerkrebsen. Nach dem dritten oder vierten Stein entdeckten beide einen handtellergroßen hellbraunen Taschenkrebs, der sofort in eine Verteidigungsposition ging und seine großen Scheren drohend in die Höhe streckte.

„Früher haben wir die größeren von ihnen gefangen. Besonders das Fleisch der Scheren schmeckte sehr gut" erklärte Raiko mit einem Grinsen. Natürlich beließen sie den Taschenkrebs nun in seinem Umfeld, entdeckten statt dessen noch einige recht große, lebende Austern, die mit den Steinen fest verwachsen schienen und genossen den herrlichen Ausblick zur Insel Langeoog, die in der Silhouette fast greifbar nur wenige Kilometer entfernt lag.

....

Beate Kleibuhr fühlte sich erleichtert. Sie hatte dem netten Raiko Aden ihre Lebensgeschichte erzählt und schöpfte Hoffnung. Die Hoffnung darauf, dass endlich Gerechtigkeit geübt und Jan vor vielen Jahren nicht umsonst gestorben war.

Ihr war allerdings auch bewusst, dass es bald sehr gefährlich für sie werden konnte und darauf war sie vorbereitet. Sie traute Gerald und seinen Konsorten natürlich nicht. Sie waren die Mörder ihres Bruders, was niemand beweisen konnte, was sie ihr aber durch Andeutungen und Drohungen klar gemacht hatten.

Ja, als Frau war sie kaum noch in der Lage, sich zu wehren, wenn sie von diesen Männern angegriffen werden würde. Beate wusste, dass sie wieder kommen würden. Der Diebstahl der Pieta und die hingestellte Kürbisfratze waren schließlich ein direkter Angriff gegen die Männer. Das hatten sie sicher verstanden, daran zweifelte Beate nicht. Und dieses Mal würden sie sie nicht verschonen. Beate hatte keine Angst mehr vor dem Tod. Viele Gebete zu Gott hatten ihr geholfen. Und sie war überzeugt, dass Gott ihr einen angenehmen Tod bescheren würde. Gott allein kannte ihr Schicksal und holte sie zu sich, wann immer er es wollte.

Es war alles gut geplant und dieses Mal kamen die Mörder nicht mehr davon.

Beate war einige Tage vor dem geplanten Ereignis in der Kirche an das Festland nach Esens gefahren und hatte sich dort in einem Fachmarkt für Elektrotechnik beraten lassen. Sie erwarb ein leicht zu bedienendes und hochsensibles Diktiergerät, das klein und unauffällig war, praktisch in jede Tasche passte. Im Test zeichnete es aus ihrer Handtasche heraus die Gespräche mit dem Verkäufer klar und deutlich auf.

Ihr Plan war es, die drei Freunde in ein Gespräch zu verwickeln. Ihre Bedrohungen aufzunehmen und über den Tod ihres Bruders sprechen. Sie rechneten ganz sicher nicht damit, dass eine alte Insulanerin mit einem hochsensiblen technischen Gerät ausgestattet war, das Gespräche aufzeichnete. Und so hoffte sie, bald einen Beweis gegen die Mörder ihres Bruders in den Händen halten zu können.

....

Es klingelte an der Tür des Privathauses von Gerald Heinen. Der alte Apotheker hatte sich schon lange aus seinem Geschäft zurückgezogen und die Apotheke an eine Kollegin verpachtet. Er verbrachte seinen Lebensabend in einem modernen, reetgedeckten Backsteinhaus in der Straße Melksett. Der Baustil seines Hauses war vielen Häusern auf Sylt ähnlich, woher er natürlich seine Ideen bezogen hatte. Und in seiner Position, mit etwas Geldverteilung an den richtigen Stellen, gab es mit der Baugenehmigung und dem eigentlich nicht zum Gesamtbild des Dorfes passenden Stil keine Probleme.

Geralds Frau war zu ihrer Schwester nach Norden gefahren, seine beiden Kinder groß und auf dem Festland verheiratet. Folglich musste er sich selbst um den Besucher an der Tür kümmern.

„Moin, Herr Heinen" begrüßte ihn Raiko. „Ich weiß nicht, ob sich mich noch kennen. Ich bin Raiko Aden und habe vor vielen Jahren auch mal hier auf der Insel gelebt. Ist schon sehr lange her, dass ich zuletzt hier war. Nun mache ich Urlaub auf Spiekeroog und forsche ein wenig in meiner Vergangenheit."

Gerald Heinen überlegte kurz, konnte sich dann aber sehr gut an die Großeltern und Eltern von Raiko erinnern. Ja, auch der Junge selbst war ihm irgendwie noch im Kopf. „Raiko! Sieh an. Schön, dass du wieder zu deinen Wurzeln zurückkommst! Was kann ich für dich tun?" tat Gerald Heinen recht freundlich.

„Ach Herr Heinen. Es ist so: Ich war in der Alten Inselkirche, als der Diebstahl der Pieta geschah. Die arme Frau Kleibuhr war ja völlig fertig. Ich brachte sie von der Kirche nach Hause und unterwegs murmelte die Frau immer wieder unverständliches über den Tod ihres Bruders, dass alles nicht umsonst war, dass sie deswegen Hilfe brauche und anderes wirres Zeugs. Ich hätte ihr gerne geholfen, habe jedoch kein weiteres Hintergrundwissen. Zudem war es schwer zu verstehen. Weil ich aber wusste, dass sie damals Bürgermeister waren, hoffte ich jetzt, dass sie mir weiterhelfen und mich aufklären können." log Raiko.

Susanne und er hatten besprochen, offensiv auf den wohl vermeintlichen Anführer dieser drei Freunde zu zugehen. Noch konnten diese nicht wissen, dass er schon ein ausführliches Gespräch mit Beate Kleibuhr geführt hatte und einiges wusste.

Raiko wollte Brocken für Brocken hinwerfen und sehen, was sie fraßen.

Allerdings ohne sie direkt zu beschuldigen und sich dabei ggf. die Finger zu verbrennen. Machte er es geschickt, würden sie zu Reaktionen gezwungen sein und vielleicht irgendwann ihr schützendes Gehäuse verlassen.

Wie ein Blitz durchschoss Gerald Heinen der Gedanke und die Erinnerung daran, dass ein Kriminalpolizist vor ihm stand. Früher hatte er häufiger mit Raikos Großeltern gesprochen und wusste aus ihren stolzen Erzählungen über ihren Enkel, dass der bei der Kriminalpolizei in Bremen war. Was hatte er jetzt mit Beate zu tun? Stimmte die Geschichte, dass Raiko zufällig in der Kirche war und tatsächlich nur Urlaub machen wollte?

Geralds Augen verengten sich kaum wahrnehmbar und misstrauisch.

„Beate ist einfach alt und tüttelig. Man kann sie in ihrem Zustand nicht mehr für voll nehmen. Ich kenne sie schon lange und kann das, gerade als Apotheker, gut beurteilen. Sie hat einige Schicksalsschläge hinnehmen müssen. Das fing mit ihrem Bruder an, der im besoffenen Kopf ertrunken war. Schon das hat sie schwer verkraftet. Zuletzt war ja auch ihr Mann verstorben. Und nun noch der Kirchendiebstahl. Das ist zu viel für sie. Beate sollte schon vor einiger Zeit als Küsterin abgelöst werden. Ich glaube, der Kirchenvorstand wird das bald mal in Gang bringen."

„Beate Kleibuhr sagte, dass sie und ihr Bruder mal enge Freunde waren. Sogar kurz vor seinem Tod noch ordentlich gefeiert haben?" Gerald Heinen wurde aufgrund dieser Frage ungehalten und antwortete ihn immer noch duzend: „Die Frau ist einfach verrückt. Das ist alles schon Jahrzehnte her. Sehr traurig damals. Aber nicht mehr zu ändern. Du wirst ihr nicht weiter helfen können. Es gibt da jetzt nichts mehr zu sagen. Du kannst der Frau helfen, indem du sie zu einem Arzt bringst, der sie aufgrund ihrer Demenz in ein Pflegeheim einweist. Entschuldige mich jetzt bitte!"

Noch im Schließen der Tür warf Raiko hörbar nach: „Werden mir Hans und Friedjof das gleiche sagen?"

Gerald Heinen lief sofort zu seinem Telefon, wählte eine Nummer und sagte zu seinem Gesprächspartner: „Wie müssen uns treffen. In einer halben Stunde im Hotel „Zur Eiche!"

....

Susanne war mit wenigen Erwartungen in ihren Urlaub gegangen und wollte sich einfach treiben lassen. Die Insel, den Strand, die Ruhe genießen. Dazu abschalten von ihrem stressigen Beruf als Erzieherin.

Sie liebte ihre „kleinen Gören", wie sie ihre Kindergartenkinder mütterlich nannte. Jedes Kind war für sich etwas Besonderes. Und alle zusammen verlangten ihr eine Menge ab. Es war ihr Job, von dem sie aber doch gelegentlich eine Auszeit brauchte. Einen Ausgleich fand sie im Shotokan-Karate, einer sportlichen Betätigung, die sie seit vielen Jahren betrieb, mittlerweile den 1. Dan besaß und gelegentlich auch zu Meisterschaften in ihrer Altersklasse fuhr. Aber was war das schon gegen Entspannung auf einer schönen Nordseeinsel.

Die ersten Begegnungen mit Raiko empfand sie als angenehm. Er war ein großer Mann, zu dem sie aufschauen konnte. Er sah äußerst attraktiv aus, war gebildet und kleidete sich gewählt sportlich. Seine ruhige und herzliche Ausstrahlung begann, sie nach und nach einzunehmen. Und seine tiefe Stimme verursachte in ihrem Bauch ein wohliges Kribbeln.

Dass sie am frühen Abend aus einiger Entfernung das Haus von Gerald Heinen beobachtete, hatte sie eben diesem sympathischen Mann zu verdanken. Viel zu sehr war Susanne in diese Angelegenheit verstrickt und wollte Raiko nicht mehr alleine nachforschen lassen. Es war spannend, einem Kommissar in seinen Ermittlungsgedanken zuzuhören. Seine Ansätze und seine Überlegungen nachzuvollziehen. Zudem bezog er sie wie selbstverständlich mit ein, was für sie ein großer Vertrauensbeweis war.

Erging es ihm vielleicht ähnlich wie ihr? Ihr Eindruck nach den letzten Treffen war schon der, dass er sich ihr zugeneigt fühlte. Und sie glaubte, doch ein Strahlen in seinem Gesicht wahrgenommen zu haben, nachdem sie ihm einen Kuss auf die Wange gab.

Etwa zwanzig Minuten, nachdem Raiko das Haus von Gerald Heinen verlassen hatte, bemerkte sie, wie der alte Apotheker auf sein Fahrrad stieg und in das Dorfzentrum fuhr. Dieser Mann kannte Susanne bisher nicht und so machte sie sich wenig Gedanken, dass er bei ihrem Anblick einen Verdacht schöpfen konnte. Raiko hatte Recht. Nur kurze Zeit nach seinem Besuch würde Gerald Heinen mit Aktivitäten beginnen.

Der alte Mann fuhr nicht schnell auf seinem Fahrrad, so dass Susanne ihm in sportlichem Stil und mit zügigen Schritten bis zum Dorfhotel „Zur Eiche" folgen konnte.

„Genießen Sie die Cocktailangebote in unserer Bar" stand einladend auf einem Werbeschild am Hotel „Zur Eiche". „Warum eigentlich nicht?" dachte sich Susanne. Die beste Gelegenheit, auf naive und unbefangene Art nach dem alten Apotheker Ausschau zu halten.

....

Raiko besuchte Pastor Rieling im Pastorenhaus in der Straße Tranpad. Er fand es an der Zeit, die Runde der Mitwisser etwas zu erweitern, vertraute aufgrund der noch nicht bewiesenen Aussagen der Küsterin auf die Verschwiegenheit des Pfarrers und hoffte, weitere Informationen gerade bezüglich der Apostelgemälde, des Altars und der Küsterin zu bekommen.

Tatsächlich bestätigte Pastor Rieling vieles, was Beate Kleibuhr erzählt hatte.

Er hielt sie übrigens für eine fleißige, ehrbare und trotz ihres Alters immer noch fähige Küsterin, deren Ablösung entgegen der Äußerung von Gerald Heinen nicht geplant war. „Ich habe nach meiner Zusammenkunft mit der Polizei noch einmal in den Kirchenberichten meines damaligen Vorgängers nachgesehen. Seinerzeit war Frau Kleibuhr schon Küsterin und es gab tatsächlich diesen Zettel auf dem Altar. Warum das alles ignoriert worden ist, begreife ich nicht."

Raiko verstand es jedoch sofort, als er die Liste des damaligen Kirchenvorstandes durchlas. Sechs Vorstandsmitglieder, davon zwei gut bekannte: Hans Kuska und Friedjof Wischenkämper. Und die schienen ihren Einfluss im Kirchenvorstand gut umgesetzt zu haben.

Der Pastor war sehr erleichtert, als er von dem Fund und der zunächst mal sicheren Unterbringung der Pieta hörte. Auf seinen Vorschlag hin verabredeten sich beide Männer für den nächsten

Tag, um in Ruhe in der immer noch geschlossenen Alten Inselkirche nach den Apostelgemälden zu suchen. Zumindest hatte man
jetzt, nach den Beschreibungen von Beate Kleibuhr, den nötigen
Hinweis auf den möglichen Fundort.

....

„Machen sie mir doch bitte einen leckeren Hugo!" bat Susanne
den freundlichen Kellner in der Bar des Hotels „Zur Eiche". Nach
kurzem Blick in die Karte mit reichhaltiger Auswahl entschied sie
sich von ihrem strategisch gut gewählten Platz aus für diesen fri-
schen Cocktail.

Sie saß nur wenige Meter entfernt zu drei Männern, von denen sie
einen als Gerald Heinen erkannte, dem sie ja gefolgt war. Die beiden anderen mussten Hans Kuska und Friedjof Wieschenkämper
sein. Die älteren Herren befanden sich auf der Veranda, getrennt
vom Schankraum durch eine Schiebetür aus Glas, die allerdings
jeden Schall gut dämmte und somit das Zuhören nicht möglich
machte. Nur wenn der Kellner Getränke nachreichte und dazu
kurz die Tür öffnete, vernahm sie einige Worte. Die Männer ver-
stummten dabei aber schnell und setzen ihre angeregte Unterhaltung erst dann fort, sobald der Kellner den Raum wieder verlassen hatte.

„Na, die gucken aber böse. Scheinen ein wichtiges Thema zu besprechen!" stellte Susanne unbedarft beim Vorbeigehen des Kellners fest. Natürlich in der Hoffnung, dass er vielleicht etwas In-
formatives von sich geben konnte. Woher sollte der auch wissen,

dass sie Gerald Heinen, Hans Kuska und Friedjof Wischenkämper aus ganz bestimmten Gründen beobachtete.

„Das sind alte Insulaner, die sich hier immer treffen und sogar einmal wöchentlich Karten spielen. Da muss man sich nichts bei denken. Die haben immer wichtige Themen zu besprechen. Hmmm..., heute scheint es besonders wichtig zu sein, denn die sind sofort still, wenn ich in den Raum komme." erklärte der Kellner.

Weil noch nicht viel Betrieb war, erlaubte er sich einen kleinen Plausch mit Susanne, was diese sehr begrüßte, da es doch zu ihrer Tarnung beitrug. Sie erfuhr somit etwas über die Annehmlichkeiten der Saisonarbeit eines Kellners auf Spiekeroog, den guten Verdienst und das großzügige Trinkgeldverhalten vieler sich in Urlaubsstimmung befindlicher Touristen.

Gerade, als der Kellner erneut den Raum der drei Männer aufsuchte, betrat Raiko das Hotel in der Absicht, sich auf sein Zimmer zu begeben um sich frisch zu machen. „Da ist der Kriminaler!" hörte man Gerald Heinen sagen. „Wohnt der hier im Hotel? Das fehlte jetzt auch noch! Ich muss los. Alles andere wie besprochen!"

....

Am nächsten Morgen hatte Raiko lange geschlafen, gönnte sich das Spätaufsteherfrühstück und nahm sich vor, anschließend einen Fußmarsch in Richtung Osten der Insel zu unternehmen. Einige Kilometer vom Dorf entfernt lag die Hermann-Lietz Schule, ein staatlich anerkanntes Internatsgymnasium, dass er weiterführend nach seiner Dorfschulzeit besuchen durfte. Das nächste Gymnasium für Insulanerkinder wäre in Esens gewesen, was jedoch mit hohen Kosten für Übernachtung, Heimfahrten und Verpflegung verbunden war. So zogen es die Insulaner bis in heutige Zeit vor, ihre Kinder gegen einen geringen und subventionierten Beitrag in das privat geführte Gymnasium Hermann Lietz-Schule zu schicken, mit dem Vorteil, ihre Kinder weiter auf der Insel zu haben. Ein Besuch seiner ehemaligen Schule war für Raiko geradezu Pflichtprogramm.

Außerdem befand sich auf dem Gelände der Schule das Nationalparkhaus Wittbülten, von dem er in der Vergangenheit viel hörte und welches seine Neugier weckte. Schüler der Hermann-Lietz Schule pflegten die dortige Aquarienanlage, es wurde Meeresforschung und touristische Umweltbildung betrieben und die Ausstellung der Unterwasserwelt sollte recht informativ sein.

„Bildung im Urlaub und Auffrischung seines Wissens über die Nordsee konnte nicht schaden" dachte Raiko und freute sich, dass er bei seinem Gang in Richtung Osten von Susanne begleitet wurde. Beide hatten sich abends zuvor in der Bar des Hotels getroffen.

Raiko waren beim Betreten des Hotels die drei Männer auf der Veranda gleich aufgefallen und ihre düsteren Blicke ihm gegenüber waren ihm nicht entgangen.

Somit hatte also sein Besuch bei Gerald Heinen genau das bezweckt, was er wollte. Sie waren verunsichert. Trafen sich, um eine Strategie zu entwickeln oder um sich gegenseitig zu bestärken, dass man nichts gegen sie in der Hand hatte.

Anhand ihrer misstrauischen Blicke ihm gegenüber war er sicher, dass er buchstäblich ins Wespennest gestochen hatte. Es blieb seine Hoffnung, dass sie im Weiteren Fehler machten und keine Stacheln ausfuhren, um insbesondere Beate Kleibuhr erneut weh zu tun.

Natürlich hatte er hinten an der Bar Susanne erkannt und war erstaunt, dass sie sich in der Beobachtung von Gerald und seinen Freunden derart mutig zeigte, diese sogar bis ins Hotel hinein zu verfolgen. Der Abend in der Bar wurde lang und sie verabredeten sich zu einem gemeinsamen Hermann-Lietz Schulbesuch am nächsten Morgen.

....

Er hielt es nicht mehr aus. Die vielen Jahre, die er mit der Belastung leben musste. Sie hatten Jan Kleibuhr umgebracht und für ihn wurde es immer unerträglicher. Nein, er wollte das damals nicht. Ein kleiner Denkzettel hätte vielleicht gereicht. Jan war immer sehr sensibel und bei einer etwas härteren Gangart ihm gegenüber wäre der bestimmt ruhig geblieben. Seinen Vorschlag, Jan aus dem Freundeskreis auszuschließen, ihn einfach nicht mehr zu beachten, verwarfen die beiden anderen. Was hätte denn schon groß passieren können? Zudem kannte er Jan gut genug, um zu wissen, dass dieser sie nicht wirklich verraten hätte.

Doch Gerald war die treibende Kraft und wollte eine endgültige und klare Lösung.Er vertraute der Freundschaft von Jan nicht mehr. Gerald war machtsüchtig, sah seinen Bürgermeisterstuhl durch die unüberlegten und eigensinnigen Handlungen von Jan gefährdet. Die beiden überstimmten ihn. Und so war das Schicksal von Jan besiegelt. Es lief alles perfekt und niemand kam dahinter, wie es wirklich gelaufen war. Später war es wieder Gerald, der Mittel und Wege fand, Beate, die offensichtlich doch etwas mehr wusste, ruhig zu halten.

Seine eigene Angst blieb aber immer. Was, wenn es doch herauskommen würde. Für das Dorf wäre es eine Sensation gewesen, für seine Familie eine Katastrophe.

Dazu blieb immer der Gedanke, dass er dabei geholfen hatte, einen Menschen umzubringen.

In vielen Nächten begegnete ihm dieser tote Mann als Albtraum. Stieg mit einem entsetzlich entstellten Gesicht aus der kalten Nordsee, kam auf ihn zu und zog ihn lachend mit hinein. Dieser Zombie war stark, man konnte sich nicht wehren! Ihm blieb die Luft weg, als er unter Wasser gezogen wurde. Todesangst machte sich bei ihm breit.Schweißgebadet, hustend und nach Luft schnappend wachte er jedes Mal auf. Jan würde ihn holen kommen. Je älter er wurde, umso mehr glaubte er daran. Die Angst davor zerfraß ihn innerlich.

Genauso wie der Prostatakrebs, der vor 4 Jahren bei ihm festgestellt worden war.

Zu spät erkannt und schon im fortgeschrittenen Stadium. Der Krebs hatte gestreut, die Lymphe des Beckens waren mittlerweile befallen und es würde nach Angaben der Ärzte nicht mehr lange dauern, bis andere Organe betroffen waren.

Allenfalls ein bis zwei Jahre gab man ihm noch.

Nein, Jan durfte ihn nicht in die Nordsee ziehen und auch der Krebs sollte nicht entscheiden, wann es soweit ist.

Gerald hatte sie vor Stunden noch zusammen gerufen und wieder hatten sie gegen seinen Willen das Schicksal von Beate Kleibuhr besiegelt. Plötzlich war da ein Kriminalbeamter. Raiko Aden. Der ehemalige Insulaner. Angeblich nur im Urlaub hier. Konnte es solche Zufälle geben, dass ein Kriminalbeamter bei Gerald klingelte und nach den Umständen von Jans Tod fragte?

Nein! Es war anders. Seine Intuitionen waren immer verlässlich und dieses Mal wiesen sie auf die nahende Katastrophe hin. Alles würde herauskommen.

Es würde ein großes Aufsehen im Dorf geben. Mörder nahm man fest und sperrte sie ein. Das wollte er nicht mehr. Es wäre für ihn schwer zu ertragen gewesen, jede Nacht in einer Zelle des Gefängnisses darum zu kämpfen, nicht von Jan in die Nordsee gezogen zu werden.

Sein Ende war für ihn beschlossen. Das Friederikenwäldchen war ein schöner Platz dafür. Er liebte dieses Wäldchen mit den kleinen, vom ständigen Nordseewind niedrig gehaltenen Bäumen. Es zog sich mehrere hundert Meter durch die Dünen. Spiekeroog, die grüne Insel.

Ein in Prospekten benutzter Werbeslogan, der auch auf dieses herrlich grüne Friederikenwäldchen abzielte. Es gab Bäume in diesem Wäldchen, auf denen er schon als kleiner Junge herum geklettert war. Vor einem stand er nun mit einem Seil in der Hand und fragte: „Bist du bereit, mir zu helfen?"

....

Pastor Rieling stand am frühen Nachmittag vor der Alten Insel-kirche und erwartete Raiko, um mit diesem zusammen den Altar zu untersuchen. Um sicher zu gehen, dass er nicht irgendeinen Hinweis auf das besagte Geheimfach darin übersehen hatte, las er zuvor sämtliche Kirchenberichte, Bücher und Eintragungen sei-nes Vorgängers aus dieser Zeit durch, fand aber nichts.

Der fleißige Jan Kleibuhr hatte an dem Altar mehrere Monate ge-arbeitet und ihn in zwei Teilen gefertigt. Einen Altartisch und den dazu in Stilrichtung passenden Aufsatz, in den ein Jesusbild des Berliner Malers Engel eingearbeitet worden war.

Das Bild ließ sich durch mit Ornamenten verzierten und seitlich angebrachten Flügeltüren, ähnlich klappbarer Fensterläden, ver-decken. Es war aber zu polarisierend, um jemals daran zu den-ken.

In vielen Altären waren Reliquien eines Heiligen oder Religions-stifters eingearbeitet oder besonders gut versteckt worden. Pastor Rieling fand in seinen Studien ebenfalls keinen Hinweis darauf und somit war davon auszugehen, dass man bei Neuerstellung dieses Altars darauf verzichtet hatte.

„Wenn Beate uns kein wirres Zeug erzählt hat, muss es irgendwo einen Zugang zum Versteck geben. Der Altaraufsatz ist zu schmal um diese vier Gemälde aufzunehmen. Es muss etwas im Altartisch zu finden sein." stellte Andreas Rieling fest.

Für den Fall der Fälle, eben wenn alles stimmte, hatte er eine Di-gitalkamera mitgenommen, um jede Phase der Untersuchung ge-nauestens dokumentieren zu können.

Der Blumenschmuck, eine auf einem Holzständer ausgebreitete Bibel und eine gewebte Decke wurden durch die beiden Männer vom Altar beiseite gestellt, um guten Zugang und bessere Draufsicht zu haben. Trotz sehr genauer Prüfung fanden sie zunächst weder Einlassungen oder Spalten im Holz, noch Ecken, Kanten oder Hebel an denen man hätte ziehen oder drücken können, um eine Tür zum Versteck zu öffnen. Raiko stellte sich vor den Altar und ließen den filigranen Bau in aller Ruhe auf sich einwirken. Und dann...tatsächlich...da war etwas, was auf den ersten Blick kaum auffiel.

Die Frontwand des Altartisches war in vier Felder aufgeteilt und enthielt wundervolle Schnitzereien, die, in jedem Feld gleich, rund geschnitzte Verzierungen mit aufgestellten Kreuzen zeigten. Im rechten Feld entdeckte Raiko hauchdünne Kratzer an einer Verzierung. Bei näherem Hinsehen fehlte augenscheinlich etwas Farbe. Zumindest war die Stelle heller als am gesamten Altartisch. Raiko bückte sich, inspizierte die Stelle, griff mit mehreren Fingern durch die Schnitzereien hindurch und fühlte einen kleinen Hebel. Ein leichter Druck, der Hebel wurde beiseite geschoben und ein Mechanismus gab das rechte Feld als Tür frei. Er zog sie auf und blickte in das Innere des Altars, der hohl war und durch die Bauart mit Tür auf der rechten Seite wie ein kleiner Schrank benutzt werden konnte.

Begleitet vom ständigen Fotografieren des Pastors entnahm Raiko nach und nach die vier schon vor langer Zeit verschwundenen Gemälde aus diesem Behältnis und legte sie auf den Steinboden vor die erste Sitzreihe der Kirche. Alle Gemälde waren unbeschädigt und intakt.

„ Die Pieta hatte da durchaus zusätzlich hineingepasst, wie es Beate schon sagte. Wenn dieses Kunstwerk jetzt noch wieder hierher zurückkommt, gibt es wohl keinen glücklicheren Pastoren als mich!" strahlte Andreas Rieling. „Und trotz allem sollten wir so langsam den Polizisten Hauke Gerds in Kenntnis setzen. Es ist zwar noch kein Beweis für die Geschichte von Beate Kleibuhr. Aber er sollte wissen, dass die gestohlenen Kunstgegenstände wieder da sind. Unser weiteres Vorgehen könnte ich mit ihm noch besprechen." ergänzte Raiko.

....

Das Diensttelefon klingelte bei Hauke Gerds kurz nachdem er seinen vorläufigen Bericht über den Diebstahl der Pieta schriftlich verfasst hatte. Es war bisher nichts weiter passiert und zudem gab es keine weiteren Ermittlungsansätze. Er war noch zweimal bei Beate Kleibuhr vorbeigefahren, um sie erneut zu befragen. Jedoch traf er sie jedes Mal nicht an, so dass er einen Zettel im Briefkasten hinterließ, damit sie sich bei ihm meldete oder zur Polizeistation kam.

War sie das jetzt? Oder war das sein Chef aus Aurich? Mit dem hatte er in den letzten Monaten nicht so gut gekonnt. Der war kein Mann der Praxis und lebte ausschließlich in seinen Zahlen und dem Controlling. „Wenn auf der Insel schon wenig Kriminalität ist, in deren Aufklärung sie ihr Können unter Beweis stellen, dann verfolgen sie doch wenigstens etwas konsequenter die Ordnungswidrigkeiten. Ihre Bargeldeinnahmen lassen zu wünschen übrig und ihr Kollege aus Langeoog ist ihnen um Längen voraus." hieß es von diesem.

Der hatte gut reden. Wem sollte er denn Geld abnehmen und wofür? Wohl fast alle Radfahrer auf der Insel kannten das zeitliche begrenzte Radfahrverbot im Dorfkern und hielten sich daran. Im Dunkeln waren nur noch wenige von ihnen unterwegs, womit auch das Fahren ohne Licht nicht in Betracht kam. Und außerdem war Hauke Gerds im Dorf beliebt, was er sich nicht durch überzogene und unverhältnismäßig verteilte Verwarnungsgelder kaputt machen wollte. Wenn es sein Chef war, würde er ihn etwas ausführlicher über den dubiosen Diebstahl der Pieta und seine recht anstrengende Ermittlungsarbeit mit Vernehmungen von mehreren Zeugen in Kenntnis setzen. ...und dabei natürlich die Anwesenheit des Kriminalhauptkommissars aus Bremen erst mal verschweigen.

„Polizeistation Spiekeroog. Hauke Gerds!" leierte er fast automatisch herunter!

Aufregung am anderen Ende. Einige Menschen riefen durcheinander. Eine Frau telefonierte offensichtlich mit Handy und machte die Mitteilung: „Sie müssen kommen. Hier hängt ein Mann im Baum, der ist wohl tot. Hat sich aufgehängt. Wir haben ihn gerade beim Spaziergang gefunden. Hier im Friederikenwäldchen. Wir warten hier!"

Hauke Gerds beruhigte die Frau, schrieb sich in Kurzform ihre Personalien und ihre Handynummer auf und verständigte danach sofort den Inselarzt und die Feuerwehr, die er höchstwahrscheinlich im Friederikenwäldchen am Fundort brauchen würde. Nur wenige Minuten später wurde er von Touristen in ein Waldstück zwischen den Strandzuwegungen Slurpad und Tranpad geführt und stand dort vor dem am Baum hängenden toten Friedjof Wischenkämper.

„Ach Du Scheiße!" entfuhr es Hauke spontan. Das ruhige Leben
als Dorfpolizist war einfach dahin!

....

Ein Blick in den Spiegel, ein kurzer Fingerwisch durch die Haare
und er war zufrieden. Alles saß richtig und seiner Eitelkeit war
Genüge getan. Gleich wollte er sich wieder mit Susanne in einer
gemütlichen Kneipe am Süderloog treffen. Dort sollte es leckeres
Guinness-Bier geben, was aus seiner Sicht für eine so kleine Insel
eher außergewöhnlich war. Irgendwie, so stellte er schmunzelnd
fest, suchten Susanne und er die Nähe zueinander und es war fast
selbstverständlich, dass sie sich wieder verabredeten. Raiko verließ das Hotelzimmer und kam über einen schmalen Flur in das
Eingangsportal des Hotels, von wo aus er Einblick auf die Veranda und den Schankraum hatte. In einem Raum der Veranda
sah er Gerald Heinen und Hans Kuska sitzen, die gleichfalls auf
ihn aufmerksam wurden, misstrauisch reagierten. „Offensiv
nach vorne gehen!" dachte sich Raiko. „Ein wenig Zeit habe ich
noch, bevor ich mein Guinness probiere. Sag ich den beiden Herren doch mal Guten Tag!"

Er schob die Verandatür auf und begrüßte die beiden provokativ
freundlich. „Na, bist du immer noch am forschen?" fragte Gerald
„Komm, setz dich doch einen Moment zu uns und trink ein Bier
mit uns! So als früherer Insulaner kannst du uns das nicht ausschlagen. Was machst du denn so bei der Kriminalpolizei? Ist bestimmt ein stressiger Job, da ist dein Urlaub jetzt aber besonders
verdient:"

Ihre Neugier aus bestimmten Gründen war unverkennbar und für Raiko jetzt die Möglichkeit, ihnen näher auf den Zahn zu fühlen. Er setzte sich, bekam vom Kellner das auf einen Wink von Gerald bestellte Bier und bemerkte, wie sich die Verandatür schloss, damit man sich ungestört unterhalten konnte. „Da fehlt doch noch der dritte im Bunde!" wurde vom Hauptkommissar gleich herausfordernd in den Raum gestellt. Geralds Augen verengten sich. „Nun lass mal diese dummen Nachforschungen. Oder verdächtigst du uns sogar? Ja, du hast insofern Recht.

Wir treffen uns hier immer zu dritt. Das weiß jeder im Dorf.

Ich hab es dir schon vor ein paar Tagen erzählt. Jan ist damals durch einen Unfall ums Leben gekommen. Tragisches Schicksal, für das man uns aber nicht verantwortlich machen kann. Auch wenn Beate es vielleicht gerne so sähe und unbedingt einen Schuldigen haben möchte." entgegnete er.

„So, so..." tat Raiko sinnierend. „Ich habe vor kurzem ausführlich mit Beate gesprochen. Mein Eindruck war eigentlich nicht, dass sie verrückt oder senil ist. Es war alles schlüssig und nachvollziehbar. Und vieles davon stimmte mich sehr, sehr nachdenklich!"

Hans fuhr mit gespieltem Entsetzen dazwischen: „Sei vorsichtig, was du jetzt sagst! Du hast da irgendwelche Geschichten gehört, die man nicht beweisen kann!

Wenn du jetzt ebenfalls auf diese Schiene aufspringst, werden wir uns rechtlich wehren müssen. Davon abgesehen: Du hast hier auf Spiekeroog nichts zu ermitteln. Du bist Bremer Kriminalbeamter und hier nicht zuständig! Also halt dich da raus!" Genau das war von Raiko gewollt. Er hatte nicht viel über sein Gespräch mit Beate erzählt, nur angedeutet. Aber die Reaktion von Hans Kuska sagte ihm alles. Und ganz offensichtlich waren sie sehr genau darüber informiert, dass er bei der Kripo war.

„Ich bin zwar wirklich nach langer Zeit mal wieder hier, um Urlaub zu machen. Aber warum sollte ich mich Dingen verschließen, die auf mich zukommen. Wenn ich dann noch helfen kann, ist das für mich selbstverständlich. Es war erstaunlich, was Beate mir alles erzählt hat. Und wenn davon nur ein Bruchteil stimmen sollte, hätte ich das so nicht erwartet. Natürlich unterstelle ich euch gar nichts. Aber drohen lasse ich mir von euch nicht. Meine Augen und Ohren werden die nächsten Tage hier auf Spiekeroog offen sein und ich bin gespannt, was ich weiter erfahre. Ach ja, mit Hauke Gerds habe ich schon Kontakt geknüpft und er freut sich über meine Unterstützung!"

Raiko, der sich immer noch wunderte, dass Friedjof Wischenkämper nicht mit dabei war, stand auf und verabschiedete sich von den beiden alten Männern. Sein Auftritt hatte gereicht, um sie mächtig zu ärgern. Das Guinness würde ihm jetzt wirklich gut schmecken.

Gerade hatte er den Raum verlassen, als das Handy von Gerald klingelte.

Dieser hörte dem Anrufer einen Moment zu, bekam ein noch ernsteres Gesicht und sagte dann zu Hans Kuska: „Sie haben gerade Friedjof gefunden!"

....

Hauke Gerds war schon ein gewissenhafter Polizist. Und selbstverständlich wollte er keinen Ärger mit seinem Chef in Aurich. Gerade, wenn es um einen Toten ging, musste unheimlich penibel gearbeitet werden. Trotzdem hier nach seinen Feststellungen ein Selbstmord vorlag, wusste er, dass Kollegen des Kriminalermittlungsdienstes aus Aurich kommen würden, um ihre Tatortarbeit durchzuführen. Sie würden alles von ihm schon ermittelte aufnehmen, prüfen und vielleicht sogar noch vertiefen. Für einen weiteren Verlauf musste ein Kapitalverbrechen ausgeschlossen werden und das konnte nur der Ermittlungsdienst abschließend feststellen.

„Unnatürlicher Tod" stand auf dem Totenschein des Inselarztes und das bedeutete, dass die Kripo aus Aurich ganz sicher kam. Allerdings waren sie wie alle an die Fährzeiten gebunden bzw. würden nur in dringendsten Fällen mit einem schnellen Boot aus Neuharlingersiel abgeholt werden. Als Hauke dem zuständigen Kommissar in Aurich den Fall schilderte, entschied dieser, dass ein Ermittlungsteam am nächsten Morgen mit dem ersten Schiff übersetzen sollte.

„Bitte den Fundort weiträumig mit Flatterband absperren. Die Leiche sichern und schon mal bei ihm Zuhause nach einem Abschiedsbrief oder anderen Auffälligkeiten gucken. Ansonsten sehen wir uns morgen." waren die Anweisungen.

Hauke saß nachdenklich in seinem Büro. Die letzten Tage war doch einiges passiert auf dieser sonst so ruhigen Insel. Zusätzliches konnte er jetzt nicht mehr gebrauchen. Der Diebstahl der Pieta, die Mitteilung des Pastoren über den Diebstahl der vier Apostelgemälde vor vielen Jahren, ein zufällig anwesender Kommissar aus Bremen, der Tod von Friedjof Wischenkämper, einem ehrbaren Insulaner der gleichzeitig im Kirchenvorstand aktiv gewesen war.

Je mehr er über die Gesamtumstände nachdachte, umso mehr beschlich ihn das Gefühl, dass alles irgendwie zusammenhängen könnte. Wusste Friedjof Wischenkämper etwas über die Diebstähle und hatte sich deshalb umgebracht?

Der Kollege Raiko Aden aus Bremen hatte während des Besuches in seinem Büro vor ein paar Tagen einen sehr kompetenten Eindruck hinterlassen. Mit ihm konnte er bestimmt mal über seine Vermutungen reden und vielleicht hatte der ja noch Ideen zu weiteren Ermittlungsansätzen. Gegenüber seinen Kripo-Kollegen aus Aurich wollte er sich zunächst keine Blöße geben, denn eigentlich hatte er nichts, was er fundiert vorlegen konnte.

Hauke Gerds fühlte sich gestresst. Zu viele Dinge, die er fast gleichzeitig erledigen musste. Er resümierte: Beate Kleibuhr habe ich immer noch nicht erreicht. Also dort vorbeifahren... Raiko Aden nochmals hierher bitten oder im Hotel ansprechen... Wohnung des Friedjof Wischenkämper aufsuchen und nach einem Abschiedsbrief oder anderen Hinweisen gucken... Freiwillige Feuerwehr Spiekeroog um Unterstützung bei Absicherung des Fundortes von Friedjof bitten... Berichte an die vorgesetzte Dienststelle in Aurich schreiben...

„Na hoffentlich kommt da jetzt nicht noch mehr dazu!" stöhnte der Inselpolizist.

....

Beate stand in einem Lebensmittelgeschäft in der Schlange der Einkaufenden und wartete darauf, ihre Sachen auf das Band legen zu können. „Hast du schon das neueste gehört?" vernahm sie zwei vor ihr stehende jüngere Insulanerinnen.

Sie haben im Friederikenwäldchen die Leiche von Friedjof Wischenkämper gefunden. Er soll sich aufgehängt haben!"

Beate erstarrte kurz, lauschte dem Gespräch noch etwas weiter, stellte daraufhin ihren gefüllten Einkaufskorb in einen Gang und verließ das Geschäft. Es gab keinen Zweifel am Tod von Friedjof, denn der bei der Freiwilligen Feuerwehr Spiekeroog tätige Mann der im Geschäft gesprächigen Insulanerin hatte diesen vom Seil am Baum los geschnitten.

Beate durchliefen in diesem Moment viele Gefühle. Wie oft hatte sie am Grab ihres Bruders gestanden und mit ihm geredet. Sie sprach über Gerechtigkeit, Gottes Strafe für die Schuldigen und manchmal ertappte Beate sich in dem Gedanken, dass sie diesen drei Männer nur Böses wünschte, weil sie das Leben ihres Bruders zerstört hatten. Sie selbst hätte es nie geschafft, diesen Männern Schaden zu zufügen.

Friedjof Wischenkämper war tot. Und ganz bestimmt wollte Gott es so. Er hatte Friedjofs Geist gelenkt und ihn dazu gebracht, aus seinem schuldvollen Leben zu scheiden. Einerseits war es ein bedrückendes Gefühl, denn Beate wünschte niemandem den Tod. Andererseits gab es die Genugtuung, dass schon mal einer seinem verdienten Schicksal gefolgt war. Der Diebstahl der Pieta und die Kürbisfratze hatten ihre Wirkung gezeigt. Die Gerechtigkeit begann, ihren Lauf zu nehmen.

Beate ahnte, dass die beiden anderen jetzt kämpfen würden. Sie wusste um die Gefährlichkeit der verbliebenen Weggefährten von Friedjof. Es gab bei ihr keine Angstgefühle mehr. Dafür war sie zu alt. Ihr Schicksal war erfüllt und ihre letzte Aufgabe war es, Jan seinen Frieden zu geben. Er würde sich bedanken, wenn sie irgendwann neben ihm ins Grab gebettet wurde.

„Liebster Bruder, bald wird es soweit sein. Gedulde dich noch etwas. Sie werden kommen und mir Böses wollen. Doch sie werden ihrem verdienten Schicksal nicht entgehen." Beate vergaß, ihren Einkauf zu Ende zu führen. Da die Alte Inselkirche verschlossen war, lief sie zur neuen evangelischen Inselkirche, setzte sich in die vorderste Bank und betete.

....

Raiko und Susanne erfuhren schnell von dem Selbstmord des Friedjof Wieschenkämper. So etwas sprach sich auf Spiekeroog in Windeseile herum. Als Susanne den Kommissar zu einem ausgedehnten Spaziergang abholen wollte, wurden beide gleich vom aufmerksamen Hotelier informiert.

Es war jetzt an der Zeit, so fand Raiko, dass er seinen Kollegen der Polizei Spiekeroog über sein eigenen Feststellungen und Erlebnisse in Kenntnis setzte. Somit standen beide nicht wie erhofft auf dem Spiekerooger Deich mit Blick auf das Wattenmeer sondern vor der Tür der Polizeistation, wo ihnen von Hauke Gerds geöffnet wurde. „Moin Hauke!" eröffnete Raiko das Gespräch. „Wir haben im Dorf vom Selbstmord des Friedjof Wieschenkämper gehört! Ich glaube, wir müssen mal miteinander reden. Es gibt da so einiges, was für dich interessant wäre!"

Hauke nickte verständnisvoll. „Ich wollte dich auch anrufen. Es wird hier immer komplizierter und mein Bauchgefühl sagt mir, dass die ganzen Vorfälle irgendwie zusammen hängen. Kommt doch rein, ich mach uns einen Tee. Dabei können wir dann entspannt schnacken!"

Hauke begann seinen Bericht mit dem Erscheinen des Kriminalermittlungsdienstes aus Aurich. Zwei Kollegen der Kripo und ein vom Gericht bestellter Pathologe waren morgens mit dem ersten Schiff gekommen und hatten sich zunächst ausführlich bei ihm über seine Ermittlungen informiert.

Die Fundortbesichtigung im Friederikenwäldchen ergab keine auffälligen Hinweise oder einen Verdacht auf Fremdeinwirkung, wie es im Polizeijargon hieß. Friedjof hatte, wie man anhand vieler gleicher Fußspuren im Sand um den Baum herum feststellen konnte, das Seil an einen dickeren Ast des Baumes geknotet und war dann offensichtlich nach Umlegen des selbst geknoteten Seiles von einem Baumstumpen gesprungen.

Nach Besichtigung des Leichnams durch den Gerichtsmediziner trug dieser die Todesursache „Genickbruch - Dens Axis" in den Totenschein ein. Ein schneller Tod für Friedjof Wieschenkämper.

Familie Wieschenkämper musste aufgesucht werden. Die Todesbenachrichtigung gehörte sicher zu den schwersten Momenten eines Polizisten. Frau Wieschenkämper erwies sich aber nach anfänglichem Schmerz und Trauer als sehr kooperativ bei der Suche nach Gründen für den Freitod ihres Mannes. Ein Abschiedsbrief wurde nicht gefunden, aber sie erklärte die Vermutung eines psychischen Zusammenbruches aufgrund der unheilbaren Krebserkrankung ihres Mannes. Für den Kriminalermittlungsdienst und den Gerichtsmediziner gab es keine weiteren Zweifel am Freitod. Somit wurde der Leichnam von Friedjof zur Bestattung frei gegeben und der Ermittlungsdienst mit Gerichtsmediziner waren schon wieder auf dem Weg zurück nach Aurich.

„Ich kenne Friedjof nun doch schon eine ganze Weile und er hat sehr offen über seine Krebserkrankung gesprochen. Dass das nun der alleinige Grund für seinen Selbstmord war, kann ich mir kaum vorstellen. Wenn man nicht doch etwas anderes dahinter steckt. Ihr wisst doch...die Pieta und vor vielen Jahren der Diebstahl der Apostelgemälde. Er war seit jeher im Kirchenvorstand. Damals, wie heute."

Raiko unterbrach ihn in seinen Überlegungen. „Da liegst du gar nicht so falsch. Lass dir von uns mal erzählen, was wir die letzten Tage so erlebt haben...!"

....

Gerald Heinen war in seinem Leben recht erfolgreich gewesen. Die Gabe, Dominanz auszuüben, dazu eine narzisstische Veranlagung, Skrupellosigkeit und Gefühlskälte halfen ihm dabei. Er hatte es zu etwas gebracht. Mehrere Häuser auf Spiekeroog, die Apotheke, zwei Segelboote und ein schickes Auto in der Inselgarage Neuharlingersiel zeugten von seinem Wohlstand. Natürlich waren seine Kinder versorgt und bei ihrer Hochzeit hatte er sich jeweils recht großzügig mit hohen Geldgeschenken gezeigt.

Sein Vater übernahm Anfang der sechziger Jahre einen kleinen Drogeriemarkt auf der Insel und hielt damit die Familie über Wasser. Gerald studierte in Freiburg Pharmazie und erkannte die Notwendigkeit einer Apotheke auf seiner Heimatinsel. Früher fand man die nötigsten Medikamente beim Inselarzt und musste für andere Dinge dann doch an das Festland fahren. Diese Lücke schloss Gerald, indem er seinen Vater vom Ausbau der Drogerie in eine Apotheke überzeugte.

Sein Konzept ging auf. Die Apotheke lief hervorragend und sein Vater zog sich schnell aus dem Geschäft zurück. Als Apotheker war er ein bei den Insulanern angesehener Mann, was es ihm eröffnete, in den Gemeinderat gewählt zu werden. Nachdem er sich dort profiliert hatte, erfolgte die Steigerung. Nämlich die Wahl zum Bürgermeister.

Seine Freundschaft zu Hans Kuska, Friedjof Wieschenkämper und Jan Kleibuhr erwies sich im Laufe der Jahre als große Hilfe auf diesem Weg. Sie kannten sich aus Schulzeiten und schon damals gelang es ihm durch seine forsche Dominanz, sie zu beeinflussen und zu lenken. Natürlich erkannten seine Freunde sehr schnell, dass sie von allem profitierten und so gab es kaum Gründe, seinen Entscheidungen zu widersprechen. Der bis dahin gemeinsame Weg endete mit dem Tod von Jan Kleibuhr. Darüber schüttelte Gerald bis in die jetzige Zeit den Kopf.

Wie konnte der nur so dumm sein und alles auffliegen lassen wollen. Gerald empfand das Verhalten von Jan als undankbar und sogar als persönlichen Angriff. Niemand widersetzte sich ihm und seinen Entscheidungen hier auf der Insel. Jan hatte deutlich überzogen. Aber Gerald wusste zu verhindern, es zu einer Katastrophe kommen zu lassen.

Sein Plan ging auf, Jan wurde beseitigt und über alles wuchs sehr schnell wieder Gras. Gerald war sich sicher, dass er Beate unter Kontrolle halten konnte. Deswegen ärgerte er sich in diesem Moment, in dem er mit Hans Kuska im Wohnzimmer seines Hauses saß und mit ihm über den Selbstmord von Friedjof Wieschenkämper redete, sehr.

„Diese Hexe! Jetzt hat sie erreicht, was sie wollte. Friedjof hat bestimmt die Nerven verloren und sich deswegen umgebracht. Wir hätten das schon viel eher klären und sie verschwinden lassen sollen. Für Friedjof ist das jetzt zu spät!"

Hans pflichtete ihm bei. „Wir müssen das jetzt sehr schnell erledigen. Der Kommissar aus Bremen schnüffelt überall herum. Ich hab gehört, dass er schon öfter bei Hauke Gerds war und mehrfach mit dem Pastor gesprochen hat. Diese Freundin, die er bei sich hat, kann ich gar nicht einschätzen. Wer weiß, was Beate ihnen schon alles erzählt hat. Da müssen wir jetzt schnell einen Riegel vorschieben. Wenn Beate nicht mehr ist, gibt es niemanden, der wirklich etwas beweisen kann oder grundsätzlich Interesse dran hat."

Gerald guckte Hans entschlossen an: „Morgen früh wird niemand mehr etwas von Beate erfahren!"

....

„Mir ist, ehrlich gesagt, nach dieser langen Sitzung auf der Polizeistation nicht unbedingt nach einem Spaziergang zumute. Was meinst du? Das Wetter ist noch sehr schön. Die Sonne scheint und ich würde dich gerne zu einer sportlichen Betätigung der besonderen Art einladen. Am Kurhaus, gegenüber vom Hallenbad, ist ein Minigolfplatz. Ich hab seit meiner Kindheit kein Minigolf mehr gespielt. Ist bestimmt sehr entspannend. Darf ich dich dazu einladen?" fragte Raiko seine Begleiterin.

„Oh, da fragst du die richtige." erwiderte Susanne."Ich wohne in Bremen in der Nähe des Osterdeiches und da gibt es einen tollen Minigolfplatz. Mein Bruder und ich sind öfter dort. Ich bin praktisch unschlagbar. Bisher ist es ihm jedenfalls nicht gelungen."

Raiko grinste provozierend. „Wenn ich an meine Form von damals herankomme, wirst du es gegen mich sehr schwer haben. Dazu kommt noch der Spiekerooger Heimvorteil. Dann streng dich mal an!"

Insgeheim hoffte er, den Mund nicht zu voll genommen zu haben, denn ihm war die sportliche Einstellung von Susanne schon aufgefallen. Ob das auch für Minigolf galt? Sie bekamen im Kurhaus ihre Schläger, den Ball und einen Notizblock und begannen mit immer wieder freundlich provozierenden und neckenden Worten ihr Spiel. Eine wirklich willkommene und entspannende Ablenkung von den Ereignissen der letzten Tage, so empfand es Raiko.

Dazu noch in einer reizenden Begleitung, die ihm ans Herz gewachsen war und für die er etwas empfand. Viel Zeit war vergangen, nachdem er sich das letzte Mal mit einer Frau auf liebevolle Art und Weise auseinandergesetzt hatte.

Nach seiner Scheidung nahm er sich vor, für lange Zeit auf das weibliche Geschlecht in einer Partnerschaft zu verzichten. Die eine oder andere Bewerberin gab es schon. Nicht zuletzt, weil er doch ein recht attraktiver Mann war. Über ein Essen oder ein Glas Wein ging es jeweils nie hinaus, weswegen Raiko nicht traurig war. Im Gegenteil, eigentlich mochte er sein Single-Leben. Er genoss seine Freiheit.

Dass doch alles wieder anders kommen konnte, stellte er bei dieser Partie Minigolf fest. Es gab hierbei die Gelegenheit, diese hübsche Frau ausgiebig zu studieren.Susanne war genau der Typ Frau, den er mochte.

Intelligent, sportlich schlank, mittelgroß, rötlich-blonde Haare, selbstbewusst.

Sie hatten sich die letzten Tage sehr häufig getroffen und viel zusammen unternommen. Je häufiger sie zusammen kamen, umso höher schlug sein Herz.

Jedes Treffen erfüllte ihn mit Freude und er konnte es kaum abwarten, wieder in ihrer Nähe zu sein. Er konnte mir ihr reden...stundenlang...! Allein das begeisterte ihn sehr.

Nein, er traute sich nicht, ihr ganz nahe zu kommen. Oder ihr eventuell zu sagen, dass er etwas für sie empfand. Aber sobald sie ihn, wie jetzt beim Minigolfspiel, berührte, seinen Arm oder seine Hand wie zufällig betatschte, ihm gelegentlich doch etwas tiefer in die Augen sah, war Raiko wie elektrisiert.

Susanne wurde ihm immer vertrauter und Raiko hoffte, dass der Urlaub nicht so bald zuende sein und diese schöne Form des Zusammenseins mit ihr noch etwas länger andauern würde. Sie wohnte wie er in Bremen. Würden sie sich nach dem Urlaub wieder sehen? Hätte sie ein ähnliches Interesse an ihm. Oder blieb es nur bei dieser Urlaubsbekanntschaft und alles ging danach wieder seinen gewohnten Weg?

Susanne, tatsächlich geübt, gewann das Spiel, konnte sich aber des Eindruckes nicht erwehren, dass Raiko nicht konzentriert bei der Sache war. Sie spürte seine Blicke, sein Empfinden für sie.

Und am liebsten wäre sie ihm einfach um den Hals gefallen. Nein, sie wollte warten, bis er den ersten Schritt wagte.

„Sag mal" unterbrach Raiko ihre sehnsüchtigen Gedanken. „Hauke Gerds hat Beate mehrfach nicht erreicht. Ist schon komisch, oder? Ich mache mir schon etwas Sorgen um sie. Warum will sie denn nicht mit dem Dorfpolizisten sprechen?

Wir sollten sie morgen früh besuchen. Vielleicht kann ich sie dazu überreden, bei Hauke vorbeizuschauen.

Und nun lädt der Verlierer des Minigolfspiels die Gewinnerin zu einer Pizza im Alten Bahnhof ein! Einverstanden?"

....

Beate erwartete für den nächsten Tag neue Gäste in ihrer kleinen Pension neben ihrem Bauernhaus. Schon vor einiger Zeit, als sie merkte, dass es körperlich kaum noch zu schaffen war, diese Pension alleine zu führen, stellte sie eine junge Frau aus dem Dorf als Hauswirtschafterin ein. Diese führte die Pension vorbildlich und entlastete Beate sehr. Ab und an ließ es sich Beate aber nicht nehmen, den für das Gepäck benötigten Bollerwagen zum Inselhafen zu bringen und ihn dort auf einem vorgesehen Platz für die anreisenden Gäste abzustellen.

Für sie brachte dieser Gang zum Hafen Bewegung und frische Luft. Sie musste raus aus dieser beengten Situation. Die letzten Tage nur in ihrem Wohnzimmer waren eine Qual. Sie ging nicht mehr ans Telefon und öffnete auch nicht dem Polizisten Hauke Gerds, den sie zuvor kommen sehen hatte. Beate war in Angst.

Jetzt, nachdem Friedjof Wieschkämper einen aus ihrer Sicht gerechten Tod gestorben war, würden die beiden anderen nicht mehr lange auf sich warten lassen.

Gerald würde nicht untätig bleiben und mit Hans zusammen etwas unternehmen.

Für Beate war es klar, dass es nicht mehr bei diesen Drohungen bleiben würde.

Sie waren Männer, die etwas in die Tat umsetzten. So wie sie es damals bei ihrem Bruder gemacht haben.

Zwar wusste Raiko Aden mittlerweile alles, was ihr die letzten Jahre widerfahren war, aber so recht glaubte sie nicht daran, dass er etwas bewegen oder unternehmen konnte. Es gab kaum Beweise. Noch nicht. Aber dafür wollte sie sorgen.

Die Dämmerung war schon hereingebrochen, als Beate über den gepflasterten Weg Wüppspor den Handwagen hinter sich herziehend zum Hafen hin lief. Ein leichter Herbstwind wehte ihr vom Deich entgegen und sie vernahm das metallische Klappern einiger Wantseile aus Draht, die von dieser Brise gegen die Aluminiummasten der Segelschiffe geschlagen wurden.

Niemand war um diese Zeit noch am Hafen. Die letzte Fähre war schon lange in Richtung Neuharlingersiel ausgelaufen und Segler traf man im Oktober bei kalter Witterung auf den nur noch vereinzelnd dort liegenden Segelschiffen nicht mehr an. Eine malerische Ruhe umgab den Spiekerooger Hafen und kaum jemand schien bemerkt zu haben, dass Beate dorthin unterwegs war.

„Wie oft bin ich in den letzten Jahren diesen Weg gegangen? Wieviele Gäste habe ich vom Hafen abgeholt?" dachte sie in Erinnerung an ihre Vergangenheit.

„Guten Abend, Beate" vernahm sie eine Stimme, die aus einem dunklen Bereich in der Nähe der Imbissbude des Hafens herkam. „Hast du einen Moment Zeit und gesellst dich zu uns?" vernahm sie die freundlich säuselnde Stimme, die sie sofort eindeutig Gerald Heinen zuordnen konnte. „Wir sollten da etwas besprechen, was wichtig ist!" ergänzte Hans Kuska, der mit Gerald nun aus dem Dunkeln auf Beate zu lief.

Diese stellte den Handwagen ab, steckte ihre Hände mit einer fröstelnden Geste in die Außentaschen ihrer Jacke und wartete, bis beide Männer neben ihr auftauchten.

„Lass uns ein Stück gehen!" forderte Gerald sie auf und schob sie zwischen sich und Hans. Mit leichtem Händedruck gegen ihre Schulter animierte er sie zum Gehen. Langsamen Schrittes liefen alle drei auf den Bootssteg der Segelschiffe zu.

„Weißt du Beate, es ist jetzt genug!" begann Gerald. „Wir haben dich die letzten Jahre zweimal gewarnt. Nach dem Tod deines Bruders mussten wir dich etwas bremsen. Und nach dem Diebstahl der Apostelgemälde haben wir dich gewarnt, nichts weiter zu unternehmen. Aber anscheinend wolltest du nicht hören. Hast die Pieta geklaut und hetzt uns jetzt noch diesen Bremer Kriminalbeamten auf den Hals. Was sollen wir denn jetzt mit dir machen? Wegen dir hat sich Friedjof das Leben genommen. Meinst du, ich kann das noch so hinnehmen?" fragte Gerald in leicht verärgertem Ton.

„Ihr habt meinen Bruder umgebracht! Ich weiß zwar nicht, wie ihr das gemacht habt. Aber trotzdem bin ich mir sicher. Jan hat nie viel getrunken. Auch den Abend mit euch hätte er das nicht getan. An einen Unfall hab ich nie geglaubt.

Jan hat mir vor eurem Gespräch damals sehr viel von euren Taten und Intrigen erzählt. Geschäfte, Bestechungen, illegale Gelder bei Bauvorhaben oder Genehmigungen für neue Hotels und Pensionen. Irgendwie ist er da hineingeraten. Er wollte aussteigen. So hat er es mir gesagt. Jan war mitschuldig und hätte euch nie verraten. Nach diesem Gespräch damals wäre für ihn Schluss gewesen. Warum habt ihr ihn umgebracht"? entgegnete Beate mutig.

„Dein herzallerliebster Bruder hat sich selbst überall kriminell beteiligt. Erst das Geld einsammeln, seine Pension bauen und dann plötzlich eine Rückzieher m chen und uns anderen sogar drohen. Nein, Beate. So einfach geht das nicht. Und schon gar nicht mit mir. Diese miese kleine Ratte wollte uns verraten. Alles, was wir aufgebaut hatten, wäre verloren gegangen. Du glaubst doch nicht, dass wir deswegen ins Gefängnis gegangen wären."

Gerald wurde in seiner Grundstimmung aggressiver und ein Hass auf Jan war ihm deutlich anzumerken. „Und noch eines, Beate! Mir droht niemand!"

Die drei Personen betraten den Bootssteg und schlenderten angeregt miteinander redend an einigen vertäuten Segelbooten vorbei. Für Außenstehende wäre es ein normales Bild gewesen...Abendspaziergänger, die die Idylle des Hafens genießen wollten und sich dabei unterhielten. Wer konnte ahnen, dass sich dieser Spazier gang für die zierliche und gebrechlich wirkende Frau in der Mitte der beiden alten Männer zu einer lebensbedrohlichen Situation entwickelte?

....

Angeregt unterhielt sich auch das Paar, das aus der Pizzeria am Alten Bahnhof herauskam und über den Westerloog wieder in den Dorfkern hineinlief. Raiko und Susanne hatten gut gegessen und der kräftige Merlot tat sein Bestes, um ihre Stimmung noch ein wenig zu heben. Es gelang ihnen sogar, mal nicht über die Ereignisse der vergangenen Tage zu sprechen, sondern fröhlich und unbekümmert über viele Dinge ihres Lebens zu plaudern. Raiko überlegte ernsthaft, ob er es nachher wagen sollte, Susanne in den Arm zu nehmen oder sie sogar zu küssen.

In der hereinbrechenden Dunkelheit kam ihnen ein Fahrradfahrer entgegen.

Als er sie erblickte, hielt er zielstrebig auf sie zu. „Schönen Guten Abend!" begrüßte Pastor Rieling die beiden. „N'abend, " antwortete Raiko. „Na, schnappen sie noch etwas frische Luft?"

„Ja, ich muss gelegentlich einfach noch raus und kann so am besten über meine Themen zur Predigt nachdenken." erwiderte Pastor Rieling. „Gibt es etwas neues in unserem Fall?" fragte er.

Sie tauschten sich kurz über die Vorkommnisse aus und Raiko ließ mit einfließen, dass der Dorfpolizist schon mehrfach versucht hatte, Beate Kleibuhr zu erreichen.

„Wir machen uns ein wenig Sorgen um sie. Spätestens morgen früh werde ich bei ihr vorbeigehen. Mit mir wird sie hoffentlich wieder reden. Wenn sie schon Hauke Gerds nicht vertraut, dann vielleicht mir!"

„Beate?" fragte Pastor Rieling ein wenig erstaunt. „Die habe ich gerade eben am Hafen gesehen. Sie unterhielt sich dort mit Gerald

Heinen und Hans Kuska. Ich bin über den Deich am Hafen vorbeigefahren. Die drei werden mich in der Dämmerung gar nicht bemerkt haben. Die haben sich sehr angeregt unterhalten!" erklärte Andreas Rieling weiter.

Mehr Alarmglocken konnten nun bei Raiko nicht mehr schrillen. Natürlich! Daran hätte er denken müssen. Beate hatte alles initiiert und befand sich jetzt in größter Gefahr. Deswegen hatte sie sich auch nicht mehr ins Dorf gewagt oder sich überhaupt blicken lassen. Sie hatte Angst vor Gerald und Hans. Traute praktisch niemandem mehr. In ihren Erzählungen hatte sie doch erwähnt, dass sie schon mehrfach von Gerald, Hans und Friedjof unter Druck gesetzt worden war. Nur Beate konnte Gerald und Hans verraten, konnte das Lebenswerk der beiden alten Männer wieder zerstören. Und nun befand sie sich alleine mit den beiden am Hafen.

Raiko ahnte, dass das nicht gut gehen konnte. Gerald, dieser Fuchs, würde etwas unternehmen. Gerald würde sich rächen und sein Gehilfe Hans würde ihm tatkräftig zur Seite stehen. Was hatten sie mit Beate vor?

„Das darf nicht wahr sein!" fluchte Raiko erregt. „Die beiden alten Männer haben nichts Gutes im Sinn. Wir müssen sofort zum Hafen! Pastor Rieling, bitte fahren sie sofort zu Hauke Gerds und holen ihn zum Hafen. Wenn mich mein Bauchgefühl nicht täuscht, wird da gleich etwas Schlimmes passieren. Wir müssen das verhindern!"

Während Pastor Rieling in die Pedale trat und Richtung Tranpad fuhr, rannten Raiko und Susanne zum Spiekerooger Hafen.

....

Beate wusste in diesem Moment, dass sie keine Chance mehr hatte. Die beiden Männer hatten sie fest im Griff und schoben sie auf das Ende des Bootssteges zu. Es gab keine weiteren Warnungen mehr. Dieses Mal würden sie ernst machen. „Hab ihr es mit Jan damals auch so gemacht!" fragte sie mutig.

„Dein Bruder Jan hat es etwas schlechter erwischt" antwortete Gerald herablassend. „Als Apotheker hielt ich Zyankali für die beste Wahl. Er hat es in sein Bier bekommen. Die Dosierung war so gering, dass er langsam krepiert wäre. Das Gift hätte langsam die Sauerstoffzufuhr in seinem Körper gestoppt und Jan wäre jämmerlich erstickt. Es hätte ausgesehen wie ein Kreislaufzusammenbruch oder Herzinfarkt und unser Inselarzt hätte unbedenklich seinen Stempel darunter gesetzt."

Gerald lachte laut und triumphierend. „Das wollte er aber wohl nicht abwarten und ist noch weggerannt. Damit hat er uns nur geholfen, alles wie einen Unfall aussehen zu lassen. Er rannte bis zur Spundwand, wo ihm die Luft wegblieb. Jan hat sich nicht mehr gewehrt, als wir ihn ins Wasser warfen. Er hat seinen Tod tapfer erwartet!"

Ein kurzes Aufflackern bei Beate. Wut stieg in ihr hoch, als sie endlich die letzten Minuten und Leiden ihres Bruders geschildert bekam. Wut auch darüber, dass es keine Gerechtigkeit auf dieser Erde gab, die dem Treiben dieser Männer Einhalt gebieten konnte. All die Jahre hatten diese Verbrecher ein schönes Leben, haben Familien gegründet, im Wohlstand gelebt, es sich gut gehen lassen.

Gerald bemerkte die angespannte Körperhaltung von Beate und nahm sie fester in den Griff. „Liebe Beate. Du wirst doch wohl keinen Quatsch mehr machen. Wegrennen, wie dein Bruder es gemacht hat, geht hier nicht. Du weißt einfach zu viel und deswegen ist es besser, du verlässt uns jetzt! Eine alte Frau sollte abends nicht mehr alleine auf einem Bootssteg spazieren gehen. Stege sind oft glatt und man rutscht schnell aus. Zu dumm, dass du dann mit deinem Kopf auch noch gegen einen Pfahl geprallt und danach ins Wasser gefallen bist...."

In diesem Moment spürte Beate einen schweren Schlag gegen ihren Kopf. Er kam aus dem Nichts, ließ sie kurz einen stechenden Schmerz verspüren. Ein Rauschen durchflutete ihren Kopf, Blitze und Sterne erschienen, bis es schließlich ganz hell wurde und schemenhaft das Gesicht ihres Bruders Jan erschien.

....

Vom Westerloog bis zum Hafen waren es nur einige hundert Meter, aber der Lauf dorthin verlangte dem über die Jahre mittlerweile recht untrainierten Kommissar konditionell einiges ab. Mit einem Seitenblick auf Susanne, der diese Strecke kaum etwas auszumachen schien, nahm er sich vor, zukünftig doch wieder etwas mehr Sport zu treiben.

Auf der Deichkuppe, kurz vor dem Hafen angekommen, blieben beide stehen, um sich zu orientieren. „Sie müssen hier irgendwo sein" murmelte Raiko mit einem Blick durch die Dämmerung in

Richtung Hafen. „Da hinten, ich sehe sie!" flüsterte Susanne. „Bei den Segelschiffen auf dem Steg!"

Tatsächlich konnten sie das Trio ausfindig machen. Beate wurde von beiden Männern in deren Mitte gehalten und zum Ende des Bootssteges geschoben. Jetzt musste schnell gehandelt werden. „Los Susanne. Das sieht nicht gut aus. Wir müssen sie stoppen." Raiko rannte los und Susanne hielt sich direkt hinter ihm.

Beide sahen, wie Hans Kuska mit einem Gegenstand in der Hand zu einem Schlag ausholte, der auf Beates Kopf niederging. Gleich darauf taumelte sie, wurde noch kurz von beiden Männern gehalten und dann ins Wasser gestoßen.

Raikos Herz raste vor Aufregung und Anstrengung. Er wünschte sich, noch schneller laufen zu können, erreichte den Bootssteg und bemerkte, wie Susanne ihn plötzlich überholte. Sie sprintete an ihm vorbei, weitere 20 oder 30 Meter, zog im Laufen ihre Jacke aus, beachtete die völlig überrascht wirkenden beiden alten Männer nicht und sprang genau dort ins Wasser, wo Beate hineingestoßen worden und untergegangen war. „Und ihr beiden bewegt euch nicht von der Stelle, sonst landet ihr auch im Wasser!" warnte Raiko laut und eindringlich in Richtung von Gerald und Hans.

Besorgt blickte Raiko Susanne hinterher, die jetzt für einige Momente abgetaucht war. Prustend kam sie wieder an die Wasseroberfläche, holte tief Luft und schrie:„Ich hab sie. Komm, hilf mir!"

Susanne hatte im Tauchen ein Stück von Beates Jacke zu fassen bekommen und zog sie daran hoch. Es kostete sie unermessliche Kraft, nicht durch die eigene nasse Bekleidung heruntergezogen zu werden und gleichzeitig den Körper von Beate hinter sich her in Richtung Bootssteg zu ziehen.

Raiko bückte sich tief zum Wasser herunter, ergriff den Zipfel von Beates Jacke, bekam schließlich ihren Körper zu fassen und zog sie weiter an den Steg heran.

Alleine war es ihm nicht möglich, die mit nasser, schwerer Bekleidung behaftete Frau aus dem Wasser zu ziehen. Von den beiden immer noch abwesend und resigniert wirkenden Gerald Heinen und Hans Kuska konnte er keine Hilfe erwarten und Susanne musste zunächst selbst erstmal wieder aus dem Wasser heraus.

Nur Momente später vernahm er weitere Stimmen, die sich rasch näherten und erkannte die Konturen von Hauke Gerds und Andreas Rieling. Beide waren sich aufgrund glücklicher Fügung per Fahrrad im Dorf begegnet und sofort zum Spiekerooger Hafen gefahren. „Hierher!" rief Raiko. „Schnell, ihr müsst mit anfassen.

Und helft Susanne wieder aus dem Wasser!"

....

Darauf folgend zeigte sich, dass die Insulaner auf Notfallsituationen gut vorbereitet und eingespielt waren. Nachdem Hauke Gerds bei der Bergung von Beates Körper geholfen hatte und auch Susanne, nass und unterkühlt, wieder festen Boden unter den Füssen hatte, tätigte der Polizist zwei Anrufe mit seinem Handy.

Nur wenige Minuten später erschien eines der wenigen Benzin getriebenen Fahrzeuge der Insel Spiekeroog, ein Krankenwagen mit zwei Sanitätern. Per Fahrrad kamen Mitglieder der Freiwilligen Feuerwehr, um weitere Unterstützung zu leisten. Der ebenfalls verständigte Inselarzt war schnell da und informierte seinerseits die in Emden stationierte Luftrettung.

Nach etwa dreißig weiteren Minuten vernahm man in der Dunkelheit ein donnerndes Getöse und grelles Licht am Himmel. Der Rettungshubschrauber setzte auf dem speziell am Hafen eingerichteten und mit einem großen „H" gekennzeichneten Hubschrauberlandeplatz zur Landung an. Dem Inselarzt war es gelungen, Beate Kleibuhr zu reanimieren und ihren Zustand bis zum Eintreffen des Rettungshubschraubers mit Notarzt stabil zu halten. Nach Übernahme wurde sie sofort ins Krankenhaus nach Wittmund geflogen.

Die Rettungsmaschinerie hatte gut und zur vollsten Zufriedenheit von Hauke Gerds gegriffen. Allerdings war sein eher geruhsames Leben als Inselpolizist vollends dahin. Die notwendigen Folgemaßnahmen würden nach seiner Überlegung bestimmt mehrere Tage oder sogar Wochen in Anspruch nehmen. Die beiden Tatverdächtigen Gerald Heinen und Hans Kuska wurden durch ihn vorläufig festgenommen und zur Polizeistation am Tranpad verbracht. Hier gab es einen kleinen und durch bauliche Maßnahmen speziell gesicherten Raum, der für kurzfristige Unterbringungen von festgesetzten oder in Gewahrsam genommenen Personen geeignet war. Gerald Heinen und Hans Kuska saßen dort bis zur Übernahme durch die Mordkommission. Diese erschien Stunden nach dem Vorfall und war durch weiteres Organisationstalent der Insulaner mit einem kleinen Motorboot von Neuharlingersiel nach Spiekeroog übergesetzt worden.

Nun galt es für Hauke Gerds: Vernehmungen durchführen, Berichte schreiben, weitere Ermittlungen tätigen. Er ahnte, dass dabei wohl noch einiges ans Licht kommen würde.

....

„Ich hoffe, sie hatten einen angenehmen Aufenthalt bei uns auf der Insel!" Das war der Standartsatz, den der Hotelier fast jedem Gast des Hotels „Zur Eiche" entgegenbrachte, wenn dieser wieder abreiste. Doch gleich, nachdem ihm der Satz entglitten war, stellte er fest, dass er bei Raiko Aden eigentlich nicht ganz so angebracht war.

Jeder im Dorf wusste mittlerweile, was vorgefallen und dass der ehemalige Insulaner Raiko Aden maßgeblich an der Aufklärung eines Verbrechens und der Rettung von Beate Kleibuhr beteiligt war.

Raiko verblieben nach dem Vorfall noch ein paar Tage auf der Insel. Einen Erholungswert brachten sie aber kaum, weil sie immer wieder durch Vernehmungen der Mordkommission unterbrochen worden waren. Raiko und Susanne waren in der Aufklärung des Falles zu wichtigen Zeugen geworden und es dauerte lange, bis Raikos Kollegen der Mordkommission Aurich alle Zusammenhänge, die den Mord an Jan Kleibuhr beinhalteten, verstanden.

Beate Kleibuhr befand sich nach ihrer Rettung aus dem Wasser des Spiekerooger Hafens wegen ihrer Verletzungen im künstlichen Koma, konnte also keine Aussagen machen. Nach Einschätzung der behandelnden Ärzte im Krankenhaus bestand nur eine geringe Überlebenschance.

Hans Kuska war in anfänglichen Vernehmungen zusammen gebrochen und legte ein umfangreiches Geständnis ab. Gerald Heinen zeigte sich hart und sagte nicht ein Wort.

Das Beweismittel schlechthin fand man allerdings in der Jackentasche von Beate Kleibuhr, nachdem sie aus dem Spiekerooger Hafen gezogen worden war. Aufgrund ihrer Ahnung, dass sie irgendwann Gerald Heinen und Hans Kuska begegnen würde, hatte sie das in Esens gekaufte Diktiergerät in ihre Tasche gesteckt und immer mitgeführt. Als die beiden Männer sie ansprachen, griff sie fröstelnd in ihre Jackentaschen...und stellte von beiden unbemerkt das Diktiergerät an. Es zeichnete in guter Qualität die gesamte Unterhaltung zwischen ihnen auf. Das Wasser hatte dem hochwertigen Gerät nichts anhaben können und so war die Unterhaltung Wort für Wort aufgenommen und festgehalten worden.

Die Mörder hatten mit ihrer Tat geprahlt und waren von einer alten Dame clever überrumpelt worden.

....

Langsam lief Raiko den Weg vom Hotel im Spiekerooger Dorfkern zum Hafen. Das herbstliche Wetter zeigte sich von der schönsten Seite, die Sonne schien strahlend und ließ das urige, gemütliche Dorf bunt und farbenfroh erscheinen.

„Moin"…begrüßten ihn entgegenkommende Menschen, wobei sich Insulaner oder Urlauber nicht unterschieden. Es war eben der Tagesgruß. Ein Gruß, der freundlich gemeint war und zu allem passte. „Moin" entgegnete Raiko.

Es war seine Insel. Hier war er aufgewachsen, hatte seine Kindheit und Jugend verbracht. Und doch war nun alles anders. Kaum zu glauben, dass es gerade in dieser Idylle Verbrechen geben konnte. Er war ja angesichts seiner Arbeit als Ermittler im Betrugskommissariat Bremen einiges gewohnt. Aber mit Spiekeroog hätte er so etwas kaum in Verbindung gebracht.

Im Vorbeilaufen ein letzter Blick auf die Alte Inselkirche. Rote Ziegelsteine, grüner Glockenturm. Er wusste, die Pieta stand wieder auf ihrem Podest. Da, wo er sie schon als Kind hatte stehen sehen. Und wo sie an seinem ersten Urlaubstag auf Spiekeroog zunächst stand. Die zwölf Apostelgemälde waren wieder vereint und der Pastor überlegte, sie erneut an ihre alten Plätze an der Empore zu hängen.

Die Kirche hatte ihren Frieden wieder und bestimmt würde sich bald jemand für die Aufgabe der Küsterin oder des Küsters finden.

Das Schiff „Spiekeroog IV" stand zur Abfahrt bereit und Raiko nahm auf einer Bank des Freiluftdecks Platz. Trotz sonnigen Wetters war es kühl und er zog sich den Kragen seiner Jacke etwas höher und dichter zum Hals hinauf.

„Darf ich mich zu ihnen setzen, Herr Kommissar" vernahm er eine sympathische und ihm inzwischen wohlbekannte Stimme. Die Stimme einer Frau, die ihn in den letzten vierzehn Tagen an gemeinsamen Abenden, auf Spaziergängen und sogar bei der e-her ungewollten Aufklärung eines Mordes und Mordversuches begleitet hatte. Susanne fuhr, wie sie bei ihrer Anreise schon angekündigt hatte, wieder mit ihm zurück und so freute er sich, die letzten Momente auf der Insel mit ihr erleben zu .

„Natürlich Susanne, komm her und lass uns die Abfahrt gemeinsam genießen."

lud er sie mit einem Wink auf die Bank ein. „Es war eine aufregende Zeit hier auf Spiekeroog..." begann sie.

„Ich hatte in dir einen ortskundigen Führer, der mir viel von der Insel gezeigt und mich über das Inselleben aufgeklärt hat. Und zudem gab es noch ein kleines Abenteuer, in dem ich einen echten Kommissar unterstützen durfte. Einen schöneren Urlaub habe ich noch nicht erlebt!"

Raiko lachte. Susanne hatte ihn nicht nur durch ihren Mut und ihre Sportlichkeit beeindruckt. Ihre Nähe löste in ihm ein lange vermisstes Kribbeln aus. Und bei dem Gedanken, dass man nun wieder auseinander ging, ohne sich so richtig nahe gekommen zu sein, wurde er traurig. „Ja..."sagte Raiko. „So einen Urlaub hatte ich bisher ebenfalls nicht erlebt. Und möchte es in dieser Form nicht wieder. Eigentlich wollte ich Entspannung und Erinnerungen an meine Kinder- und Jugendzeiten genießen.

„Sag mal Susanne, sehen wir uns wieder?" Susannes Herz machte einen großen Hüpfer und es kostete sie große Zurückhaltung, ihm nach dieser Frage nicht um den Hals zu fallen. Sie hatte gehofft, dass er sie das fragen würde. „Wir wohnen doch beide in Bremen.

Bessere Voraussetzungen für ein Treffen kann es kaum geben. Und...ich möchte dich sehr gerne wiedersehen!"

Das Schiff legte ab und der Kapitän ließ zur Verabschiedung das Schiffshorn dreimal ertönen. Winkende Touristen gaben den am Kai stehenden Menschen zu verstehen, dass es ihnen auf Spiekeroog sehr gefallen hatte. Bestimmt würden viele wieder zurückkommen.

Würde Raiko das gleichermaßen wollen? Es war seine Heimat. Spiekeroog war in sein Herz eingebrannt. Und irgendwann würde ihn die Sehnsucht zu dieser bezaubernden Insel zurückbringen.

....

November 2014

Es dauerte eine Weile. Anfangs herrschte viel Dunkelheit.

Sie vernahm besorgte Stimmen, konnte aber nicht antworten.

Nein, Schmerzen hatte sie keine. Wo war sie? Warum gab es nirgends Licht?

Doch dann wurde es immer öfter hell. Zuerst tat sich ein Nebel auf, in dem man sich nicht orientieren konnte. Es wurde klarer.

Schemenhaft zeigte sich ihr ein Gesicht. Sie kannte dieses Gesicht. Ja, er war es.

Jan! Beates Freude stieg ins Unermessliche.

„Jan, da bist du ja endlich. Ich hab dich so vermisst!"

Jan lachte freundlich. „Hallo Schwesterherz. Ich hab auf dich gewartet. Es gibt so viel zu erzählen und ich möchte dir unendlich viel zeigen. Komm, lass uns gehen."

Jan umarmte seine Schwester und nahm sie mit sich.

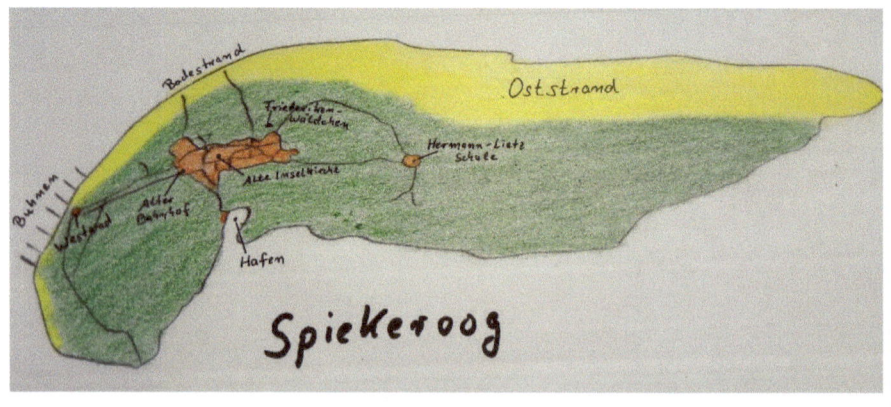

Spiekeroog

Zeitfracht Medien GmbH
Ferdinand-Jühlke-Straße 7
99095 Erfurt, Deutschland
produktsicherheit@kolibri360.de